NON È UNA FIABA

TENEBRE E LUCE
LIBRO 2

MICHELE AMITRANI

NON È UNA FIABA

Era buio dentro al lupo.

Quando mi sollevai, sentii la superficie calda e pastosa sotto di me pulsare come un organo. L'unica debole luce proveniva da un punto molto in alto, come se fosse la sommità di un pendio di cui non riuscivo a vedere la cima. Alzai gli occhi, cercando la fonte luminosa. Due piccole lune emettevano un debole bagliore che non riusciva a dissipare l'oscurità circostante. Non era un cielo quello che stavo guardando, era un soffitto completamente nero con nient'altro che i due cerchi luminosi.

Mentre la mia vista si adeguava lentamente alla luce fioca, scorsi una figura alta a qualche passo di distanza. Era qualcosa che somigliava vagamente a un pilastro o a un albero. Mi avvicinai respirando con affanno; le mie vecchie ossa si lamentavano mentre zoppicavo verso la mia destinazione.

L'aria stessa era umida e puzzava in modo indicibile,

come se intorno a me ci fossero migliaia di pesci in decomposizione.

Finalmente raggiunsi la forma nell'oscurità. Fu in quel momento che mi accorsi del rumore basso e gutturale. Qualcuno stava respirando.

"C'è qualcuno?" sussurrai con esitazione.

La forma ondeggiò leggermente e produsse un suono simile a un grugnito, come se qualcuno fosse stato destato bruscamente da un sonno profondo.

"Qualcuno," rispose la voce di un uomo, sfidando il silenzio che rivestiva il mondo buio. "Sì, qualcuno si trova qui."

Sbattei le palpebre ma non riuscivo ancora a distinguere che cosa avessi di fronte. C'era qualcosa di sbagliato nella sua forma, qualcosa che stentavo a capire.

"Chi sei?" Non ricevetti nessuna risposta.

Mi feci avanti, cercando di svelare il mistero. Si trovava di fronte o dietro l'albero? O era l'albero stesso che mi aveva parlato?

"Rispondimi," dissi, la voce tremante. "Chi sei?"

"Chi sono?" Un basso rombo di parole gettato nel silenzio, come dadi che tintinnano in una ciotola. "Sono il ricordo sbiadito di un uomo." La sua risposta suonò incerta, come se fosse insicuro delle sue stesse parole. "Non ricordo il mio nome, o te lo offrirei. Ciò che è rimasto di me si sta facendo debole e distante. Tra poco apparterrà al crescente oblio che divora le cose intrappolate in questo mondo."

Strinsi le mani a pugno e avanzai, rivelando la natura dello sconosciuto.

Quelli che avevo creduto fossero rami si rivelarono

essere braccia rigidamente proiettate verso l'esterno in una posa innaturale.

"È... è ferito?" chiesi allo sconosciuto.

"Ferito?" Sembrò considerare la parola per qualche istante, poi scosse la testa. "No, non sono ferito; sono sconfitto. Ma la lotta è finita."

"*Lotta*? Di che cosa sta parlando? Quale lotta?"

Sentii un rumore provenire dal suolo. Abbassai lo sguardo e trasalii. Al posto delle sue gambe, vidi una materia densa che stava arrampicandosi verso il bacino.

Indietreggiai bruscamente, quasi inciampando. "Cos'è quella... *cosa*?"

"Un predatore." La sua risposta tradiva rassegnazione. "È tutto intorno a noi, ed è sempre affamato."

"Io non... non capisco."

L'uomo inspirò profondamente. "È tutto confuso, come guardare attraverso un banco di nebbia."

"La prego," dissi, cercando di riportare la sua attenzione su di me. "Mi dica dove ci troviamo."

La sostanza che ricopriva le sue gambe emise un suono stridulo. Lo sconosciuto grugnì e il suo corpo iniziò a tremare.

"Non farmi più domande, donna," implorò, parlando a denti stretti, il suo tono ostile. "Sono stanco e ho bisogno di dormire."

"Voglio sapere dove siamo."

"Per quale motivo? Saperlo non cambierà nulla."

"La prego," insistetti. "Mi aiuti a capire."

L'uomo mi guardò a lungo, come se fosse indeciso sul da farsi. "Qual è l'ultima cosa che ricordi?" chiese alla fine.

"Un lupo ha fatto irruzione nella mia casa," dissi, rievocando il momento dell'aggressione. "Ha fatto finta di essere mia nipote e poi..." mi interruppi, cercando di rievocare il ricordo. "Penso che mi abbia mangiato. Sono... Sono forse morta?"

"Non ancora. Ascolta; sei stata divorata, ma la creatura che ti ha attaccato non è un lupo. Ha semplicemente assunto le sue sembianze."

"Se non è un lupo allora che cos'è?"

"È un demone mutaforma."

"Un demone mutaforma?" aggrottai la fronte a quell'affermazione. "Non esiste niente del genere."

"Vorrei che fosse vero."

"Come fa ad esserne certo?"

"Sono stato mandato in missione." Lo sconosciuto abbassò lo sguardo e fissò la sostanza attaccata al suo corpo. "La Cerchia dei Cacciatori ha ricevuto cattive notizie dalla foresta dei Talismani. Alcune voci suggerivano che una creatura misteriosa stesse divorando dozzine di persone. Sono stato mandato per fermarla."

"La Cerchia dei Cacciatori?" Il mio cuore iniziò a battere più velocemente. "Sei stato battezzato sotto il segno dall'ascia e dall'arco?"

"Sì. Ho giurato la mia fedeltà sotto il Sacro Tetto di Quercia e sopra la Pietra di Mezzanotte."

"Questo significa... significa che sei un custode della foresta."

"Sì," rispose. I suoi occhi indugiarono su di me per qualche momento

"E poi che cosa è successo?"

"La mia spedizione mi ha portato a Kitasa, vicino alla

Collina Verdeggiante. Gli abitanti mi avvertirono che un demone aveva preso la sembianze di un bambino per mangiare indisturbato i viaggiatori che percorrevano i sentieri nella foresta. Due giorni prima la creatura aveva divorato un'intera famiglia. Dopo più di due giorni di ricerche, finalmente trovai il demone. Stava dormendo in una radura. Credevo che il mostro si fosse fatto incauto, ma mi sbagliavo. C'era un altro demone in agguato nell'oscurità, che vegliava su di lui. Quando mi esposi, venni colto di sorpresa. Ed è così che sono finito nello stomaco del mostro." Il resto della frase la pronunciò con rammarico. "Ho fallito la mia missione."

"Non è il momento di darsi per vinti. Come usciamo da questo posto?"

"Uscire?" Il custode della foresta scosse la testa. "Non esiste nessuna uscita. Credimi, l'ho cercata per molto tempo."

"Non puoi arrenderti. Sei un custode. Hai giurato di proteggere gli abitanti del reame. Giusto? Ecco, lascia che ti liberi. Afferra la mia mano."

Gli strattonai il braccio cercando di tirarlo fuori dalla sostanza.

Il custode urlò. Stupita, lo lasciai andare bruscamente.

"Lasciami in pace, donna! Non capisci? Non posso essere liberato."

"Ma io..."

"Sono stanco", mi interruppe. "Voglio solo dormire."

"Mi rifiuto di starmene qui a guardarti morire."

Il custode emise un sospiro rassegnato. "Come ti chiami?"

"Tavana, figlia di Kalla."

"Tavana," il cacciatore scandì ogni lettera del mio nome. "Avverto l'affanno nel tuo respiro e vedo il modo in cui ti muovi: come un ramo piegato dal tempo. Gli anni migliori ti sono alle spalle, temo. No, Tavana. Non puoi aiutarmi."

Arrossì e strinsi le labbra. "Vedremo."

Mi guardai attorno. Gli occhi si erano ormai abituati alla semioscurità. Cercai di capire se ci fosse qualcosa nelle vicinanze che potesse tornarmi utile. Nonostante mi stessi muovendo con cautela, caddi a terra un paio di volte. Mi sentivo più debole di minuto in minuto, come se una presenza invisibile mi stesse privando delle mie energie.

Non so per quanto tempo vacillai nell'oscurità, evitando ostinatamente di ascoltare i segni della stanchezza. Alla fine, sconfitta, tornai vicino al custode e mi sedetti per riprendere fiato.

"Sono talmente stanca," sussurrai, mentre sudore freddo scendeva dalla mia fronte. "Riesco... riesco a malapena a tenere gli occhi aperti."

"Inizia in questo modo. Ti farà rinunciare al desiderio di uscire da questo posto."

"Io... non... non gli permetterò..." Mi interruppi. Avevo dimenticato quello che volevo dire. Divenne difficile concentrarsi. Il tepore era come una sciarpa calda che mi invitava a dormire. "Te ne prego, custode della foresta, raccontami qualcosa. Aiutami a stare sveglia."

"Per quale motivo, Tavana? Per farti provare più dolore? Non è mia intenzione torturarti. Perché combattere l'inevitabile?"

"Perché..." Cercai di ricordare che cosa volevo dire, ma rimasero solo pensieri confusi. Un'immagine balenò nella mia mente, talmente forte da sembrare un lampo che squarcia la notte. In quell'immagine trovai la mia risposta, e l'afferrai con tutta la convinzione che mi era rimasta.

"Ho una nipote," dissi, e sentii le parole animarsi mentre mi concentravo sul suo ricordo. "È la bambina più gentile e dolce che tu possa sperare di incontrare. Tutti la adorano. Io, più di chiunque altro. Una volta le ho regalato un cappuccetto di velluto rosso. Le sta talmente bene che non indossa mai nient'altro." Sorrisi, evocando l'immagine della bambina. "Voglio vederla crescere, custode. Voglio vedere i suoi figli, se gli dèi mi daranno la forza di vivere qualche altro anno. Ecco perché non posso morire in questo posto."

Il custode non rispose. Pensai che si fosse addormentato, ma improvvisamente lo sentii muoversi all'interno del bozzolo. "Ti racconterò una storia," disse, sorprendendomi con una voce più vispa del solito. "Qualcosa che potrebbe tenere a bada l'oblio per un po' di tempo."

"Quale storia?"

"C'era una volta una custode della foresta. Era una donna forte e intrepida. I cacciatori più esperti della Cerchia le tributavano grandi onori. La custode aveva fatto molte cose coraggiose negli anni in cui aveva protetto le foreste, ma pochi sapevano che la sua storia era iniziata nel dolore e nella privazione.

"Quando aveva otto anni un orco proveniente dall'oriente uccise i suoi genitori. La bambina stava tornando a casa dopo aver preso dell'acqua dal fiume e trovò la sua abitazione completamente divorata dalle fiamme. In mezzo ai detriti, giacevano i corpi carbonizzati dei suoi genitori.

"Il caso volle che da quelle parti stesse passando un guardaboschi di nome Ralon che La Cerchia aveva mandato a caccia dell'orco. Ralon notò il fumo, e una volta che si fu avvicinato, sentì il nauseante odore dell'orco ancora nell'aria. Preparò la sua ascia e una volta nella radura trovò la bambina che dormiva vicina ai cadaveri dei genitori, il volto ancora umido di lacrime. Ralon spense il fuoco e svegliò la ragazza. "Pargola della foresta," disse stringendole le spalle in maniera rassicurante. "Sei stata vittima di una tragedia, ma non è bene tenere i corpi dei tuoi genitori esposti alle intemperie. Aiutami a consegnarli nell'abbraccio dell'Unica Madre." E così li seppellirono in silenzio.

"Ralon disse una preghiera, e quando ebbe finito si voltò verso la bambina. "Hai dei parenti che possono prendersi cura di te?" La bambina scosse la testa in silenzio, gli occhi vitrei rivolti per terra. "Allora," disse Ralon, "puoi venire con me, se lo desideri. Ti terrò al sicuro, e ti insegnerò come sopravvivere con i doni della foresta. Non sarà una vita facile, ma è l'unica vita che conosco. La scelta è tua." La bambina scrutò gli occhi color ghiaccio del guardaboschi. Gli prese la mano e insieme lasciarono i ruderi della casa."

Il custode tossì, interrompendo la storia. L'espressione sul suo viso suggeriva affaticamento, ma nonostante questo continuò a parlare. "Negli anni che seguirono, Ralon insegnò alla bambina tutto ciò che sapeva. Le insegnò come sopravvivere nel profondo della foresta mangiando bacche, radici e funghi, come allestire una tenda e un focolare, come trovare riparo quando non sembrava essercene nessuno, come ascoltare la voce del bosco per raccogliere i suoi doni: pietre preziose che potevano essere usate come merce di scambio nei mercati, pelli di animali utili per coprirsi dal freddo, o acqua per rifocillare lo stomaco. Gli anni passarono e la bambina divenne una ragazza.

"Voglio essere tutt'uno con la foresta," disse quando raggiunse la maggiore età. "Voglio giurare la mia fedeltà di fronte alla Cerchia dei Custodi. Il bosco mi ha dato riparo, mi ha nutrito, mi ha insegnato ad ascoltare gli animali e ad essere coraggiosa. Voglio diventare una custode." E così fu. La ragazza si presentò sotto il Sacro Tetto di Quercia e giurò fedeltà alla Cerchia.

"Hai fatto molta strada," disse Ralon, guardandola con orgoglio. "Ma questo non è che l'inizio. Ti aspetta una vita foriera di avventure. L'Unica Madre ti chiederà molto, e tu risponderai sempre alla chiamata della foresta." Purtroppo Ralon non vide nessuna di queste avventure. Morì pochi giorni dopo, sopraffatto da una febbre.

"La giovane custode non pianse per il suo mentore. Lo seppellì, insieme alla sua ascia, e pronunciò la stessa preghiera che Ralon aveva intonato per genitori della ragazza."

La storia si interruppe nuovamente. Il custode aprì la bocca, la chiuse e la riaprì nuovamente. Mi resi conto che stava combattendo per ogni singola parola.

"Negli anni che seguirono," disse con gli occhi chiusi per lo sforzo di parlare, "la custode ripagò il debito che aveva con il bosco, proteggendo dalle forze oscure gli abitanti del regno. Accettò sempre le missioni più rischiose e non si tirò mai indietro dal suo dovere. La sua fama si diffuse velocemente. Le prime canzoni riguardanti le sue gesta eroiche vennero cantate quando aveva appena diciotto anni. Come non parlare di quella volta in cui sconfisse un ghoul nella foresta di Valaria prima che il mostro contaminasse una sorgente d'acqua utilizzata da ben due città? E che dire della volta in cui la ragazza superò in astuzia uno gnomo oscuro in una partita di pietre magiche, salvando un mago da morte certa? Si dice che il mago le abbia regalato un cappuccio incantato in grado di deviare gli incantesimi e di proteggerla dal freddo. Si dice che sia per via di quel cappuccio che divenne nota come la Guardiana Incappucciata. Ma le storie tendono ad essere dimenticate, o distorte dal tempo, e sono trascorsi lunghi anni da quando la leggendaria custode percorse i sentieri della foresta."

L'uomo interruppe di nuovo il racconto, guardandosi intorno come se non si ricordasse più dove si trovasse. Sbatté le palpebre, e i nostro occhi si incontrarono. "Ora è fragile, la Guardiana Incappucciata," disse, fissandomi. "La giovinezza l'ha abbandonata da tempo. Nessuno la riconoscerebbe così avvolta dalla vecchiaia, dalla malattia, così lontana dalla figura eroica impressa nella memoria dei guardiani della foresta. Non so dirti come finisce questa storia, ma a giudicare dal suo sguardo, posso avventurarmi in un'ipotesi: non finirà senza combattere."

Sentii le lacrime bagnarmi le guance. "Come mi hai riconosciuto, fratello della foresta?"

"Non conosco nessun'altra donna con quel nome," fu

la sua risposta. "Il tuo nome è il tuo lascito. Le tue gesta hanno ispirato centinaia di custodi, compreso il sottoscritto. Il tuo coraggio è un esempio ripetuto costantemente nei domini della Cerchia. Forse l'Unica Madre ha voluto che ci incontrassimo per un motivo. Tavana, Guardiana Incappucciata di tutte le foreste e Signora dell'Ascia: ricordati chi sei."

La sua voce si era fatta poco più che un sussurro. Sentii il suo respiro rallentare, i suoi occhi chiudersi, sopraffatti dalla sonnolenza.

Provai a svegliarlo, ma senza successo. Doveva aver speso le ultime forze per raccontarmi quella storia. Aveva funzionato. Il racconto aveva acceso la fiamma della sfida.

Perlustrai i dintorni alla ricerca di oggetti utili, ma non trovai altro che sacchi vuoti, lembi di cuoio e travi di legno rimaste in quell'umidità fetida talmente a lungo da non sembrare neppure più legno.

Cercai di ricordare le ultime parole del custode, di aggrapparmi al loro significato. Col passare del tempo mi accorsi che anche solo respirare mi rendeva più debole.

Alla fine smisi di muovermi, incapace anche solo di stare in piedi. Mi iniziò a girare la testa e sentì i battiti del cuore rallentare.

Inizia in questo modo. Ti farà rinunciare al desiderio di uscire da questo posto.

Caddi sulla superficie appiccicosa e non riuscii più a rialzarmi.

Non so per quanto tempo dormii. Ricordo solo una serie di incubi e una paura crescente.

Venni svegliata da un dolore sordo che si irradiava dalle gambe, entrambe calde e umide, come se fossero avvolte da un panno bagnato. Ogni fibra del mio corpo mi spingeva a dormire, a ignorare l'inquietudine nella mia mente, ma sapevo che quell'impulso era sbagliato. Sapevo che era il nemico. Combattei quell'istinto con tutta me stessa. Mi morsi il labbro finché non sentii il sapore metallico del sangue, e con il dolore arrivò una maggiore consapevolezza. Gli ultimi frammenti di sonnolenza vennero spazzati via. Mi accorsi di essere in piedi, anche se non ricordavo di essermi alzata. Abbassai lo sguardo e vidi che la stessa sostanza che aveva assalito il custode si era attaccata anche ai miei piedi.

"Lasciami andare!" Cercai di liberarmi, strattonando e tirando, ma nonostante i miei sforzi rimasi bloccata.

Sentii la sostanza stringere la presa.

"Aiuto!" Gridai. "Qualcuno mi aiuti!" La mia eco fu l'unica risposta che ricevetti.

Continuai a tirare, digrignando i denti. Era esattamente quello che voleva il mostro. Più lottavo, più mi sentivo debole e assonnata.

"Non mi arrenderò!"

Cercai di fomentare la mia rabbia muovendomi come una bestia spinta all'angolo, senza più nulla da perdere. Era l'ultimo briciolo di forza che mi era rimasta.

Non servì a niente.

Avevo raggiunto il limite delle mie forze. Sentii le palpebre chiudersi, ognuna pesante come un sacco di pietre. In quel momento seppi che cosa il custode doveva aver provato. Aveva avuto ragione fin dall'inizio: non c'era niente che potessi fare.

Tra sonno e veglia sentii un tonfo in lontananza.

Il rumore mi strappò dalla soglia dell'incoscienza.

Girai la testa verso l'oscurità. Non c'era nulla. Lo avevo solo immaginato?

Torna a dormire, Tavana. Sussurrò una voce nella mia mente. *Sei stanca. Devi riposare.*

Le mie palpebre cominciarono a richiudersi.

"C'è qualcuno?" chiamò una voce.

Sbattei le palpebre, cercando di combattere la sonnolenza.

Dormi, Tavana. Dormi.

"Qualcuno mi sente?"

Di nuovo quella voce. O la stavo solo sognando?

"Chi..." Mi schiarii la gola, secca come foglie d'autunno. "Chi... sei?" La mia voce era poco più di un mormorio che non andò oltre le mie orecchie. Provai di nuovo. "Chi sei?"

Sentii un rumore a una decina di passi da dove mi trovavo. "Nonna? Sei... sei tu?"

Conoscevo quella voce.

"Bambina mia," la chiamai. "Sì. Sono io. Tavana. Sono qui." Non appena pronunciai l'ultima parola sentii la bambina avvolgermi in un abbraccio.

"Oh, nonna," disse, premendo il volto sul mio petto. "Ho paura. Che posto è questo?"

"È lo stomaco del lupo."

"Lo... lo stomaco?"

"Sì, mia dolce Cappuccetto Rosso." Le accarezzai la testa. "Come è riuscito a prenderti?"

Cappuccetto Rosso mi lasciò andare. "La mamma mi ha chiesto di portarti del vino e una focaccia. Il lupo mi ha distratto mentre stavo viaggiando e quando sono arrivata a casa tua, mi stava aspettando nel letto. Ti somigliava davvero molto, nonna. Io... sono stata una stupida. Avrei dovuto essere più attenta."

"Andrà tutto bene. Ti prometto che usciremo di qui. Ascolta, ho bisogno che mi aiuti." Indicai la sostanza avvinghiata alle mie gambe.

La bambina fece un passo indietro. "Cosa... cos'è quella roba?"

"Non è importante. Afferrami le mani e tira con tutte le forze. Capito? Al mio tre. Uno... due... TIRA!"

Sentii uno rumore sordo, come un ramo spezzato, e immediatamente dopo venne il dolore. Era come se qualcuno mi avesse amputato le gambe.

"Nonna! Per favore! Dì qualcosa."

Sbattei le palpebre e mi guardai intorno. Dovevo aver perso i sensi.

"Sto... sto bene," dissi a denti stretti. Mi guardai i piedi. C'erano dei graffi, come se piccoli denti aguzzi avessero strappato dei lembi di pelle.

Porsi una mano a mia nipote. "Aiutami ad alzarmi."

"Penso che dovresti riposare, nonna."

"Non abbiamo tempo per riposare." Era solo una questione di tempo prima che entrambe fossimo digerite dallo stomaco. "Dobbiamo trovare una via d'uscita prima che sia troppo tardi."

"Ma come facciamo?"

"Non facendoci prendere dal panico, tanto per cominciare. E ragionando."

Diedi un'occhiata alle tasche della sua cappa, piene di qualcosa che non riuscivo a distinguere. "Cosa sono quelli?" le chiesi.

"Questi? Sono fiori che ho raccolto per te."

"Fammi vedere."

Me li porse. Sentivo l'odore di fatime gialle, piante di stelle arcobaleno, agavelle e marie nere. Gettai a terra tutti i fiori tranne le marie nere, che ispezionai attentamente. I petali erano maturi, pieni dei loro olii essenziali.

"Questi sono utili." Strinsi alcuni petali e sentii fuoriuscire una sostanza appiccicosa.

"Utili?" La bambina aggrottò la fronte. "Sono soltanto fiori."

"Sono fiori particolari. I pirofili si nutrono di marie scure."

"Pirofili? I cuccioli delle fenici?"

"Esatto. Usano gli oli dei fiori come combustibile per il loro spettacolo di accoppiamento. Il che, ora che ci penso, mi ricorda qualcosa."

Nella mia fretta di trovare un modo di uscire da quell'incubo mi ero completamente dimenticata di controllare se avessi qualcosa di utile nelle mie tasche. Trovai un acciarino e una pietra focaia che portavo sempre con me per bollire l'acqua.

"Non è un granché come arsenale," dissi, "ma è meglio di niente."

Iniziai a spogliarmi.

"Nonna! Che cosa stai facendo."

"Abbiamo bisogno di luce. Questo lupo ha mangiato molte persone e alcune potrebbero aver portato con sé oggetti di ogni tipo. Se riusciamo a trovare qualcosa di utile, potremmo usarlo per scappare. Aiutami a spogliarmi. La mia tunica e la sottoveste ci faranno guadagnare qualche momento di luce."

Coperta solo dal mio corsetto e dalla mia camicia, versai l'olio delle marie nere sul resto dei miei vestiti.

"Stai indietro," dissi. "E distogli lo sguardo."

Sbattei la pietra focaia contro l'acciarino. Dopo quell'oscurità la luce della fiamma fu quasi accecante,

Quando i miei occhi si abituarono alla luce vidi che il mondo che ci circondava era un luogo vasto e desolato, coperto da una materia rosa-grigia.

Non c'erano muri, né impedimenti di alcun tipo. Era una pianura sconfinata che si estendeva in tutte le direzioni.

Guardai il custode a una dozzina di passi di distanza. Era quasi completamente coperto dalla sostanza predatrice. I suoi occhi erano aperti. Il fuoco doveva averlo svegliato.

"Cos'è quella cosa?" Mia nipote indicò il custode.

Stavo per rispondere quando vidi per terra una sacca di pelle che non avevo notato prima.

"Portami quella sacca," le dissi.

All'interno trovai carne essiccata, pane secco e una piccola custodia metallica. Dentro la custodia stavano quattro fiale.

"Nonna, senti questo rumore?"

"Rumore?" Mi fermai ad ascoltare.

"Non lo senti? Sembra... sembra che qualcuno stia russando."

"Sì," dissi. "Hai ragione. Deve trattarsi del lupo. Credo si sia addormentato."

"Addormentato?"

"Sì. Dopo averci mangiate."

Guardai in alto, seguendo la direzione del fumo.

Quando raggiunse i due dischi di luce che all'inizio mi erano sembrati delle lune il fumo scomparve nel nulla. Aggrottai la fronte, rendendomi conto che non erano semplici fonti di luce. Erano delle aperture.

"Narici," dissi.

"Che cosa?"

"Sono le narici del mostro," dissi, indicando in alto. "È il fumo che sta provocando questo russare. Gli impedisce di respirare per bene."

La bambina si coprì le orecchie. "È talmente rumoroso che deve sentirsi a una lega di distanza."

Sgranai gli occhi a quell'affermazione. "Mi hai appena dato un'idea." Gettai uno sguardo alle fiamme. "Dobbiamo essere pronte a muoverci, e il fuoco non durerà a lungo."

Usai la luce rimasta per ispezionare il contenuto delle fiale. Due contenevano Saria Sempiterna, un rimedio da applicare alle ferite per impedire che facessero infezione. Spalmai la lozione sulle gambe e mi sentii immediatamente meglio. Un'altra fiala era piena di una sostanza nota come Ultima Alba. Il lavoro di un custode è pericoloso. Esiste sempre il rischio di essere catturati dalle forze oscure e la Cerchia offre i mezzi per togliersi la vita. L'Ultima Alba è un veleno veloce e indolore.

Misi la fiala nel taschino. La pozione rimanente era piena di essenza concentrata di marie nere. Misi anche quella da parte.

Il russare del lupo cessò quando il fumo scomparve. Mi chiesi che cosa sarebbe successo se avessi creato un fuoco più grande.

"Guarda, nonna! Ho trovato una torcia!"

Mi girai bruscamente. Non mi ero accorta che Cappuccetto Rosso si era allontanata.

"Bambina mia! Torna qui! È pericoloso andare..." Non finii mai la frase. La superficie dello stomaco cominciò a tremare e persi l'equilibrio.

"NONNA!"

Il suo grido mi ghiacciò il sangue. Corsi come meglio potevo, e quando finalmente la raggiunsi il mio cuore saltò un battito.

Le sue gambe erano intrappolate nella sostanza predatrice. Mentre cercavo di liberarla aveva già raggiunto le ginocchia.

"Tiriamo insieme!" La esortai. "Tira con tutte le forze!"

Ci sforzammo ma questa volta c'era una donna anziana a fare gran parte del lavoro, e Cappuccetto Rosso era troppo spaventata per concentrarsi. Tirai fino a quando sentii braccia e gambe intorpidirsi.

"Fa male, nonna." Il viso della bambina era di un bianco spettrale. "Aiutami, per favore."

Affrontare ripetutamente la morte significa riconoscerla negli occhi della persona che ti sta di fronte. Guardai il terrore sul volto di mia nipote e il tempo sembrò cristallizzarsi. In quel momento sapevo che non c'era niente che potessi fare per salvarla. Sapevo che sarebbe morta.

Sentii l'impulso di accettare i nostri destini. Che cos'altro potevo fare, dopotutto?

Niente, rispose una voce dentro di me. *Non puoi fare niente, Tavana. Puoi solo prolungare l'inevitabile. Non senti quanto sei stanca? Dormi, Tavana.*

"No," mormorai, ma sapevo che le forze mi stavano abbandonando. La voce aveva ragione. Ero stanca. Volevo dormire.

Tavana, Guardiana Incappucciata di tutte le foreste e Signora dell'Ascia: ricordati chi sei.

Sbattei le palpebre. Chi aveva parlato?

Il tuo nome è il tuo lascito. Le tue gesta hanno ispirato centinaia di custodi, compreso il sottoscritto.

Riconoscevo quella voce. Aveva sacrificato tutto per me. Mi aveva salvato la vita.

Lo avrei ripagato morendo in questo posto?

Non so dirti come finisce questa storia, ma a giudicare dal suo sguardo, posso avventurarmi in un'ipotesi: non finirà senza combattere.

Ricordi del passato riaffiorarono nella mia mente.

Vidi i miei genitori danzare sotto una luna piena, guardarsi l'un l'altro come se nient'altro avesse importanza, invitandomi a unirmi alla loro danza.

Vidi i loro corpi bruciati quando il destino me li portò via troppo presto.

Vidi Ralon seduto accanto a un falò, che mi insegnava a cantare in Alta Giunta, un linguaggio che desta speranza negli animi di chi lo ascolta.

Vidi la mia ascia splendente mentre la sollevavo sotto il Sacro Tetto di Quercia e sopra la Pietra di Mezzanotte quando mi votai alla salvaguardia dei boschi del reame, e di tutte le cose buone che vivono in questo mondo.

Vidi il volto sorridente del mio sposo quando ci baciammo per la prima volta sotto un pino sempiterno, prima di condividere le promesse matrimoniali davanti a un druido.

Vidi la mia pancia crescere quando ero incinta di mia figlia, Telia, la cosa più bella che avessi mai visto in vita mia.

Poi vidi Telia dare alla luce mia nipote, una bambina innocente e pura di cuore che mi dà la forza di continuare a vivere.

Vidi tutte le cose che non vedevo da molto tempo, intrappolata in una gabbia costruita dalla mia mente, la gabbia della vecchiaia. È una storia in cui molti di noi crediamo quando i capelli diventano bianchi e la pelle viene costellata da rughe. Guardiamo al nostro passato con rammarico, con desiderio, e iniziamo a raccogliere polvere come un oggetto dimenticato in un angolo.

Una canzone risuonò all'interno della mia mente. Ralon l'aveva cantata davanti alla tomba dei miei genitori. Non suggeriva tristezza; parlava di cose che nascono, crescono e diventano più forti.

Riaprii gli occhi. La materia informe aveva quasi raggiunto i fianchi di Cappuccetto Rosso.

"Nonna? Mi senti?"

"Ti sento." Le sfilai di dosso il cappuccio.

"Che cosa stai facendo?" Mi guardò con occhi spalancati.

Feci un passo indietro, e poi un altro. Poi mi girai e cominciai a camminare.

"Nonna! Non lasciarmi!"

Allontanarsi da mia nipote è stata la cosa più difficile che abbia fatto. Ma doveva essere fatta.

Cappuccetto Rosso mi chiamò, mi implorò di tornare indietro.

Non lo feci.

Usai la pietra focaia per produrre scintille di luce che mi aiutarono a farmi strada nell'oscurità. Trovai la torcia che aveva raccolto Cappuccetto Rosso, e l'accesi. Mi diressi verso il custode.

Vidi che la parte inferiore del suo corpo era diventata una stalagmite di carne che pulsava in modo grottesco. La parte superiore del viso era l'unica cosa rimasta umana. I suoi occhi fissarono prima me e poi la torcia.

"So che stai ancora combattendo, fratello del bosco," gli dissi. "Sei un guerriero. Posso vederlo nei tuoi occhi."

Lo scopo dello stomaco del lupo era quello di spezzare uno spirito, fare in modo che rinunciasse a combattere. Non so da quanto tempo il custode fosse intrappolato lì. Potevo solo immaginare il dolore che aveva provato.

Ma non era stato invano.

Presi la fiala che conteneva l'Ultima Alba e mi assicurai che la vedesse.

"Finirò il lavoro che hai iniziato," dissi. "Ti prometto che scoverò il secondo demone e porrò fine alla minaccia che rappresenta."

Il custode fece oscillare la testa, un cenno che interpretai come il permesso di fare quello che dovevo. Aprì la bocca e ci lasciai cadere metà del contenuto della fiala. I suoi occhi si chiusero in pochi battiti di cuore.

Gli misi il cappuccio sopra la testa e svuotai la fiala di olio di marie scure sul vestito.

"Ti rivedrò nella Foresta Eterna." Diedi fuoco al cappuccio e le fiamme si propagarono all'istante.

Lo stomaco del mostro si illuminò come se il sole fosse apparso nel bel mezzo del cielo notturno.

Grosse nuvole scure di sollevarono dalle fiamme e il lupo riprese a russare.

"Nonna!"

Feci luce con la torcia e vidi che la sostanza predatrice aveva liberato mia nipote per cercare di soffocare il fuoco.

Raggiunsi Cappuccetto Rosso e l'aiutai a rialzarsi.

"Che cosa è successo?" mi chiese.

"Ho inviato un segnale."

"Un segnale?"

"Sì." Indicai verso le narici del lupo. "Mi è venuto in mente che un giovane guardaboschi pattuglia la zona vicino a casa. Se il russare del mostro è abbastanza forte, potrebbe attirare la sua attenzione."

Cappuccetto Rosso mi guardò con stupore. "Come ti è venuta in mente un'idea del genere?"

"Molti anni fa, prima che tua madre nascesse, mi sono imbattuta in un drago mentre camminavo nella foresta di Alasa."

"Un drago?"

"Si trattava di un cucciolo che aveva perso la madre. Due villaggi si trovavano lì vicino e un drago spaventato può creare molti problemi. Avevo bisogno che la madre lo trovasse al più presto, e l'unico modo per farlo era convincere il cucciolo a chiamarla."

"Chiamarla? I draghi non parlano."

"No, ma comunicano con il fumo prodotto dal loro organo incendiario. Purtroppo il drago era troppo spaventato per farlo. Per questo motivo sacrificai un albero e lo usai per accendere un fuoco. I draghi sono bestie intelligenti e il cucciolo capì che cosa stavo facendo e inviò il segnale. Sua madre sentì il richiamo e venne a prenderlo. Per questo motivo ho pensato di accendere un fuoco per attirare l'attenzione del cacciatore."

"Non mi hai mai raccontato questa storia."

"Queste vecchie ossa nascondono un bel po' di avventure," dissi. "Quando saremo fuori di qui, te ne racconterò altre."

"Credi davvero che riusciremo ad uscire?"

"Ne sono certa."

Sapevo che era un piano disperato, ma volevo darle speranza.

Il tempo passò e quando l'ultima fiamma morì, l'oscurità prevalse nuovamente, e con essa un silenzio carico di oscuri presagi.

"Credi sia un buon momento per una di quelle storie?" chiese Cappuccetto Rosso, la testa appoggiata sul mio petto, gli occhi chiusi.

"Sì." Le accarezzai i capelli. Senza il cappuccio sembrava diversa. Mi ricordò la bambina che ero stata, giovane e fragile, prima che Ralon mi prendesse sotto la sua ala.

La superficie sotto i nostri piedi cominciò a pulsare. Ora che il custode era stato consumato, rimanevamo solo noi due.

Sentii il mostro spingere contro le mie gambe. Quando l'abbraccio di mia nipote si fece più forte, capii che anche lei lo aveva sentito.

Mi misi una mano in tasca, presi la fiala con ciò che restava dell'Ultima Alba. Era abbastanza per una sola persona.

"C'era una volta," dissi, guardando mia nipote con un

sorriso rassicurante, "in un bosco sperduto agli angoli del reame, una bambina che si chiamava…"

Mi interruppi quando sentii il mostro allentare la presa. Abbassai lo sguardo, perplessa.

"Che cosa sta succedendo?"

"Non lo so, bambina. Non vedo più…"

Una luce accecante infranse l'oscurità, e come per magia apparve il profilo di una porta. Vidi la mia camera da letto attraverso quell'apertura, all'interno di essa un cacciatore con in mano un grosso paio di forbici.

"Ecco il nostro eroe," dissi.

Cappuccetto Rosso mi guardò con stupore. "È il guardaboschi?"

"Che cosa ti avevo detto?" Sorrisi. "Andiamo. Non farlo aspettare."

Mi diede un bacio sulla fronte e si gettò contro la luce.

Mi voltai, guardando il cumulo di materia bruciata che era stato il custode.

"Finirò quello che hai iniziato," dissi.

"Nonna! Sono fuori! Vieni!"

La voce di Cappuccetto Rosso era flebile, l'eco di un un'eco che sembrava provenire dai recessi del mondo.

La vidi sulla soglia fatta di luce, assieme ad una figura alta e muscolosa.

Feci un passo in avanti, chiusi gli occhi e lasciai che la luce mi avvolgesse completamente.

Fine

La storia continua!

Vuoi leggere il seguito delle avventure di Tavana e di Cappuccetto Rosso? Ti presento *Questi oscuri presagi*, disponibile in tutti i negozi online.

Recensisci questa storia.

Se *Non è una fiaba* ti è piaciuta, per favore recensiscila. Grazie!

RINGRAZIAMENTI

Grazie ad Alessandro, Mana, Sev, Donna, Lena, Crystal, Alberto, Raffaella, Chiara e Dorotea per aver letto *Non è una fiaba* e per aver fornito preziosi pareri.

Siete i custodi del ricordo di Tavana.

L'AUTORE

Sono un autore indipendente con una grande passione per i viaggi senza meta, i cieli stellati, il body building, i fuochi d'artificio, le notti di mezza estate e quello strano suono che fanno le conchiglie vuote se le si avvicina all'orecchio.

Flirto da tempo con diversi generi letterari, ma sono ufficialmente sposato con fantasy e fantascienza (intrattengo una relazione segreta con la saggistica di stampo politico-internazionale, ma non ditelo alle signore fantasy e fantascienza!).

Condivido anche risorse su come produrre, pubblicare e pubblicizzare indipendentemente sul mio sito www.CrediNellaTuaStoria.com e sul mio canale YouTube.

Quando non sono impegnato a inseguire draghi o a padroneggiare la Forza, divoro libri su Goodreads (GoodreadsAuthor) e gironzolo su Facebook (/Amitrani-Michele).

ESTRATTO DI QUESTI OSCURI PRESAGI

Capitolo 1: Il demone addormentato

Non dimenticherò mai il giorno in cui guardai il lupo addormentato sul mio letto. Le forbici usate dal guardaboschi per liberare me e mia nipote gli avevano aperto la pancia da parte a parte.

Non fu mai chiaro come riuscimmo a fuggire da quell'incubo. L'unica cosa certa è che tagliando lo stomaco, il guardaboschi creò un'uscita dal mondo oscuro in cui eravamo intrappolate.

Ricordo bene il senso di incertezza e di timore che stavo provando, e ricordo altrettanto chiaramente la promessa che avevo fatto al custode che si era sacrificato per salvarmi. Avevo giurato che avrei posto fine alla minaccia dei demoni mutaforma.

E avevo tutta l'intenzione di mantenere fede a quella promessa.

Fissai il taglio che poche ore prima era stato lungo quanto il mio braccio ma che ora si era rimpicciolito considerevolmente. I poteri rigenerativi del demone erano impressionanti.

Mi avvicinai al letto e valutai il mio assalitore. Manteneva l'aspetto da lupo, ma c'era qualcosa che non tornava nelle sue sembianze. Per cercare di indossare i miei vestiti aveva ristretto muso e mascella. La parte inferiore del corpo era un miscuglio di tratti che si amalgamavano a vicenda, facendolo apparire come una creatura grottesca, in parte lupo, in parte uomo, in parte qualcosa di completamente misterioso.

"Avevi ragione, mia Signora," disse il guardaboschi. "La corda è robusta. Non riuscirà a spezzarla neanche se si svegliasse."

Mi girai e feci un cenno d'assenso. Il guardaboschi era quasi due spanne più alto di me. La sua carnagione era nera come il carbone e aveva la testa rasata. Una giacca di cuoio ricopriva il busto, lasciando esposte le braccia gonfie di muscoli. Indossava orecchini di un metallo noto come 'Verde Vero', un simbolo di virilità esibito dagli uomini nella regione di Kutrasha quando raggiungono la maturità. Pantaloni di lana marrone scuri e stivali di pelle completavano la sua uniforme.

Nella mano destra teneva un fucile da caccia. Il calcio, realizzato in legno di cheelxior, sottolineava la linea lunga e stretta della canna, progettata per sparare in lontananza. Non era un'arma da sfoggiare per impressionare gli avventori in una taverna; era un modo per concludere una situazione spiacevole a distanza.

Anche se svettante e muscoloso, il mento sbarbato e

gli occhi esitanti rivelavano la sua giovane età. Avrà avuto diciotto, al massimo diciannove primavere.

"No," dissi. "Con la pozione che gli ho dato, non riuscirà a svegliarsi neppure con una cannonata, ma la corda è una precauzione necessaria."

Il cacciatore spostò il peso da un piede all'altro. Lo vidi aprire e chiudere la bocca. "Mi rimetto al tuo giudizio, mia Signora. Non so nulla di pozioni."

"Fidati. Tenerlo in vita è la cosa migliore che possiamo fare. Ora si tratta solo di aspettare."

Il guardaboschi annuì, ma la sua espressione ne tradiva l'insicurezza.

Indugiai con lo sguardo sulla creatura che era stata la causa di tutte le nostre sofferenze, rievocando quello che era successo quando il giovane custode della foresta ci aveva salvato.

"Siete salve," aveva proclamato, posando le forbici e afferrando il fucile. "Ora fatevi da parte." Aveva puntato l'arma sul demone, pronto a fare fuoco.

"Aspetta!" Mi ero frapposta tra lui e il lupo. "Abbassa quell'arma. Non puoi ucciderlo."

"Che cosa stai facendo, donna? Fatti da parte."

"Nonna?" La voce tremante di Cappuccetto Rosso era foriera di preoccupazione.

"Bambina mia, ascolta." Raggiunsi uno scaffale che conteneva una fiala e gliela diedi. "Voglio che tu vada in cucina e che beva questo rimedio."

"Che cos'è?"

"Ti farà sentire meglio."

"Io non..."

"Sei stanca, hai bisogno di riposare," le dissi.

"Ma nonna, non voglio lasciarti da sola!"

"Non discutere. Non c'è tempo."

La piccola aveva guardato il guardaboschi. "Ti prego, non farle del male."

"Non è mia intenzione," aveva detto il guardaboschi. "Non mi hai sentito, donna? Che cosa credi di fare?"

"Non preoccuparti, starò bene," avevo rassicurato mia nipote. "Te lo prometto. Adesso vai."

Cappuccetto Rosso aveva aperto la bocca per replicare, ma alla fine ci aveva ripensato. Era uscita dalla stanza chiudendosi la porta alle spalle.

Quando fummo soli coprii la distanza che mi separava dal ragazzo. "Credi di sapere chi sono, cacciatore," dissi. "Sei venuto a visitarmi più volte mentre sorvegliavi la foresta, credendomi una povera anziana. Non mi sono mai presentata, non ti ho mai invitato a entrare e non mi sono mai preoccupata di conoscerti. C'era un motivo."

Il guardaboschi aggrottò la fronte. "Di che cosa stai parlando?"

"Il mio nome è Tavana, figlia di Kalla."

"Tavana?" Mi aveva guardato in silenzio, cercando un indizio della donna leggendaria, ma tutto ciò che vide furono rughe, muscoli flaccidi e pelle cadente punteggiata da macchie scure.

"Ero una tenente guardiana della Cerchia dei Cacciatori, incaricata dall'Unica Madre di proteggere il regno dalle creature oscure di Durungani. Per lo splendore della Foresta Eterna, fratello, abbassa l'arma e lascia che ti spieghi perché questa creatura deve vivere."

Il cacciatore aveva abbassato il fucile, il suo volto una

maschera d'incredulità. "Stai... Stai dicendo che sei la Signora dell'Ascia?"

Avevo usato quel momento di incertezza per continuare a parlare. "So che cosa stai pensando. Credi che sia impazzita nello stomaco del mostro. Non ti biasimo. Ascolta, posso dimostrarti chi sono in mille modi diversi. Posso rispondere alle tue domande, posso raccontarti delle storie, ma ci vorrebbe del tempo che non abbiamo. Dobbiamo assicurarci che la creatura rimanga innocua."

Avevo indicato un mobile sul lato opposto della camera. "C'è una corda incantata all'interno di quel cassetto. Per favore, aprilo."

Il guardaboschi aveva aperto il cassetto con fare guardingo. La sua mano ne era emersa con una corda d'argento. "*Farinduri*," aveva mormorato, tenendo l'oggetto con reverenza. "Argento invernale."

"Gli elfi me la donarono quando riuscii a legare Beltamor, il padre di tutti i draghi."

Le mani del cacciatore avevano tremato per timore reverenziale.

"Come ti chiami, custode?"

"Knifold, figlio di Extobar."

"Knifold, figlio di Extobar, ti sarò per sempre grata per averci salvate, ma non posso permetterti di uccidere questa creatura."

"Perché no?"

"Perché possiede conoscenza essenziali per salvare molte vite."

"Questo lupo?"

"*Sembra* un lupo, ma in realtà è un demone mutaforma."

"Un demone mutaforma?"

"Può cambiare il suo aspetto. Ora ha queste sembianze, ma solo l'Unica Madre sa cos'è veramente. C'è un altro mostro simile nella foresta di Evasturia. Tenendo vivo questo demone, abbiamo una possibilità di trovare il suo compagno."

"Come fai a sapere tutte queste cose?"

"C'era un altro guardaboschi dentro lo stomaco. È stato lui a dirmi dei due mostri."

Knifold aveva adocchiato lo stomaco del lupo. "Vuoi dire che è ancora lì dentro?"

Avevo scosso la testa. "No. È morto."

"Chi era?"

"Non conosco il suo nome. Ha avuto solo il tempo di rivelarmi che, dietro ordine della Cerchia, da tempo era sulle tracce di una creatura che si ciba di carne umana. Il demone lo ha colto di sorpresa mentre gli stava dando la caccia."

Knifold aveva fissato la creatura come se la vedesse per la prima volta.

"Fratello della foresta." Gli avevo posto le mani sulle spalle. "Mi aiuterai a legarlo?"

Il cacciatore aveva dato un'occhiata alla corda elfica, poi aveva annuito.

"Ti ringrazio." Mi ero mossa verso il comodino e avevo rovistato nel cassetto, alla ricerca di una fiala con un liquido color tramonto. "La Benedizione del Domani." Gli avevo mostrato la pozione. "Lo farà dormire per tutto il tempo che vogliamo."

Knifold mi aveva osservato di sottecchi mentre mi aiutava a legare la creatura. "Dicono che Tavana sia morta anni fa."

Avevo sorriso a quell'affermazione. "Una diceria che non ho diffuso, ma che non ho neppure combattuto." Avevo versato la pozione nella fauci del demone. "Volevo che il mio isolamento fosse il più tranquillo possibile. Saresti sorpreso di sapere quanti bardi, aspiranti eroi e nemici mi cercherebbero se sapessero dove vivo. Apri quell'armadio." Avevo indicato l'altro lato della stanza, dove un vecchio guardaroba prendeva polvere da tempo immemore. "Troverai qualcosa di familiare."

Knifold aveva aperto l'armadio, sbirciando all'interno. Aveva tirato fuori un lungo abito con un cappuccio rosso. L'ultima traccia di dubbio era scomparsa dal suo volto.

"Sei davvero Tavana." Aveva fatto un passo all'indietro, abbassando gli occhi. "Sei davvero la guardiana incappucciata. Perdonami. Mi sono reso ridicolo. Avrei dovuto riconoscerti, Signora dell'Ascia."

"Alzati. Io stessa quando guardo allo specchio stento a riconoscermi, fratello della foresta. Te lo ripeto: ti sarò per sempre grata per averci salvato la vita. So che vuoi uccidere questa creatura. La voglio morta due volte più di te, ma spero che tu capisca perché è saggio risparmiarla."

"Sì. Capisco. Sono onorato che il destino mi abbia permesso di incontrarti."

Una folata di vento scosse le tende della finestra e il rumore improvviso mi riportò al presente.

Stentavo a credere che quella conversazione fosse avvenuta solo tre giri di clessidra prima. Sembrava che fosse passata un'eternità.

Sbattei le palpebre e mi avvicinai al demone.

"Mia Signora, sembri esausta." La voce di Knifold era

foriera di preoccupazione. "Dovresti riposare. Dopo tutto quello che hai passato, mi chiedo come tu riesca a stare in piedi."

Diedi un'occhiata alla porta della camera da letto. Dall'altra parte, in cucina, sapevo che mia nipote stava dormendo profondamente. Avrei voluto anch'io sprofondare in un sogno senza sogni, ma non potevo. Non ora.

"C'è molto da fare," dissi, trascinando le parole come se ognuna fosse una zavorra. "Non siamo al sicuro. Ho paura di chiudere gli occhi finché entrambi questi demoni saranno vivi."

Knifold annuì. "Hai ragione di credere che l'altro lupo si trovi ancora a Evasturia?"

"Queste creature uccidono da giorni, forse da settimane. Una volpe non ha motivo di lasciare un pollaio finché non viene cacciata con un forcone."

Knifold guardò il demone, ma non replicò alla mia affermazione.

"Vieni. Ci sono molte cose di cui dobbiamo parlare." Chiusi la porta dietro di me e invitai Knifold a sedersi davanti al caminetto, uno spazio in pietra con una manciata di braci che si erano raffreddate. Per qualche minuto mi preoccupai di sgombrare il focolare dalle ceneri e di aggiungere tronchi secchi. Mentre il guardaboschi era impegnato con un acciarino andai in cucina per controllare mia nipote. La trovai che dormiva con la testa appoggiata sul tavolo di quercia.

"Sogni d'oro, bambina mia." Le sistemai sulle spalle una pelliccia d'orso e le baciai la fronte. Rimasi a guardarla per qualche momento, quindi aprì un cassetto, rovistai all'interno ed estrassi una piccola ampolla.

All'interno c'era una lozione color cenere. Esitai qualche istante prima di applicare una dose generosa sulle sue tempie. Era talmente esausta che non si mosse neppure.

Tornai dal guardaboschi, trascinando una sedia davanti al camino.

"Come sta?" Knifold indicò la cucina.

"Sta dormendo," risposi, riscaldando le mani vicino al fuoco.

"Da quello che mi hai raccontato, deve essere stato come un incubo."

"Più di quanto chiunque possa immaginare." Distolsi lo sguardo dal giovane custode. "Nessuno dovrebbe vivere un'esperienza del genere. Tantomeno una bambina."

Le immagini dei corpi bruciati dei miei genitori mi balenarono davanti agli occhi. Ricordai l'odore di carne carbonizzata, il vento che disperdeva le ceneri della mia casa consumata dalle fiamme.

"Pensi che si riprenderà?"

Scossi la testa, scacciando lo spettro del ricordo. "La ho dato una lozione di bellasperida. Spero che l'aiuterà a dimenticare almeno parte di quell'esperienza. Solo il tempo saprà dire se funzionerà."

"Bellasperida?" Knifold alzò un sopracciglio. "So poco di pozioni, ma ne ho sentito parlare. Non si tratta di un rimedio un po' drastico?"

"Non permetterò che ricordi quell'inferno. Non sai che cosa abbiamo passato nello stomaco del mostro."

"No, mia Signora. Non ne ho idea, ma..."

"Mia nipote ha tutta la vita davanti," dissi. "Non

voglio che la spenda spartendo le notti con i fantasmi del passato.”

“Certo, capisco.” Knifold si schiarì la gola. “C’è qualcosa che posso fare per aiutarla?”

“Ho bisogno che la porti a casa quando si sveglierà. Sua madre sarà preoccupata.”

“Sarà fatto, Signora dell’Ascia.”

“Chiamami Tavana.” Lo dissi con più asprezza di quanto avessi voluto. “Non sono un’anziana della Cerchia, e non merito di essere chiamata con quel titolo dopo aver rinunciato al ruolo di custode.”

“Ma il tuo nome è inciso nell’Albero Sempiterno,” disse Knifold con un’espressione confusa. “I fratelli e le sorelle della foresta cantano ancora le tue gesta nelle taverne del regno, dalla città di cristallo di Halvezia alla pianura desertica di Akumar.”

“Sono lusingata, ma non c’è bisogno di mettermi su un piedistallo. Sono solo una vecchia che sta perdendo colpi.”

“Tu sei una leggenda,” disse Knifold, come se l’affermazione giustificasse la sua testardaggine. “Meriti tutto il rispetto del tuo titolo.”

Leggenda. Strinsi la mascella fino a farla schioccare. Anche il guardaboschi morto nella pancia del lupo mi aveva chiamato in quel modo. La parola suonava come un oscuro presagio con cui non volevo avere niente a che fare. Se fossi stata davvero una leggenda, sarei riuscita a liberarlo. Invece, tutto quello che ero riuscita a fare era bruciarlo vivo per salvarmi.

Gettai un ceppo di legno nel fuoco, guardandolo

bruciare. "Le leggende incantano gli stolti convinti che il mondo sia la canzone di un bardo."

Knifold sbatté le palpebre, sorpreso dalla mia risposta.

Sospirai. "Non far caso a quello che ho detto. Hai ragione. Sono stanca, e le parole mi escono dalla bocca senza controllo. Puoi perdonarmi?"

"Non c'è niente da perdonare, mia Signora."

Gli misi una mano sul braccio. "Un guardiano della foresta è morto per permettere a me e a mia nipote di fuggire."

Knifold poggiò il palmo della mano sulla tempia e mormorò: "La sua morte rende possibile il nostro domani."

"La sua morte rende possibile il nostro domani," ripetei, scandendo ogni parola con convinzione. "Gli ho promesso che avrei fermato il massacro, e ho intenzione di mantenere quella promessa. Quel guardaboschi è stato battuto perché non si aspettava due demoni."

"Ma io so che cosa aspettarmi," disse Knifold, gonfiando il petto. "Posso stanare la creatura e ucciderla prima che altri soffrano."

Mi morsi il labbro. Il ragazzo aveva un buon cuore ma era troppo impulsivo. Non mi stupì che la Cerchia lo avesse mandato in una zona remota come Evasturia. Non era pronto a dare la caccia a un demone mutaforma. Sarebbe stato un suicidio.

"Dobbiamo avvertire la Cerchia," gli dissi senza mezze misure.

"Ma... mia Signora. Hai appena detto che sanno già

del lupo. È il motivo per cui hanno mandato quel cacciatore, giusto?"

"È vero. Sanno che esiste un *pericolo*, ma ne sottovalutano la portata."

"Allora forse potrei usare il mio cavallo e avvertire la guarnigione di custodi che si trova a Ellermore. La città è..."

"No," lo interruppi. "Il viaggio durerebbe più di due giri di sole e ho bisogno che tu sia al mio fianco. Rappresenti l'unica protezione che hanno le persone di Evasturia."

"Come proponi di avvertire la Cerchia, allora?"

"C'è un villaggio chiamato Tamshaft a due giri di clessidra da qui." Indicai verso nord. "Dopo aver portato mia nipote a casa, andrai nel villaggio e dirai agli abitanti che un demone mutaforma si aggira nella foresta. Esortali a limitare gli spostamenti e chiedi agli anziani di mandare un messaggero alla guarnigione dei custodi di Ellermore."

"E quale sarebbe il messaggio da inviare?"

Presi piuma, calamaio e una pergamena da un baule accanto al camino. Scrissi qualche frase, soffiai sull'inchiostro e diedi la pergamena a Knifold.

"Chi è questo sergente Mazel Dunkun?" chiese il guardaboschi mentre leggeva il messaggio.

"Un amico che mi ha salvato la vita più volte di quanto possa contare. È stanziato a Ellermore. Riferisci al messaggero di consegnargli la lettera di persona. Con un po' di fortuna arriverà lì al secondo sorgere del sole, e prima della fine di questa settimana avremo una squadra di cacciatori a setacciare il bosco con abbastanza uomini da..."

Qualcuno bussò alla porta. I nostri occhi saettarono verso l'entrata. Knifold strinse l'impugnatura del fucile e fece per alzarsi. Gli misi una mano sulla spalla e premetti un dito sulle labbra.

"Chi c'è là fuori?" chiesi.

"Sono io, madre."

Strinsi una mano a pugno e la poggiai sull'orecchio sinistro. Knifold annuì. Andò a piazzarsi sul lato sinistro della stanza, il fucile puntato verso la porta.

"Madre?" la voce di mia figlia era impaziente. "Mi senti?"

"Telia, ascoltami. Voglio che tu risponda a questa domanda: qual era il colore della fiamma l'ultima volta che abbiamo condiviso la tavola ad Adjhona?"

Seguì un lungo momento di silenzio. Poi mia figlia disse, "Che cosa?"

"Ho detto, di che colore era..."

"Sì. Ti ho sentita, madre. Per quale motivo mi stai chiedendo..."

"Per la bontà dell'Unica Madre, rispondi alla domanda!"

"Madre, non sono dell'umore giusto per uno dei tuoi indovinelli. Apri questa porta."

Con la coda dell'occhio vidi Knifold togliere la sicura dal suo fucile.

"Per lo spirito di tuo padre, Telia," dissi, facendo un passo verso l'entrata. "È importante! Rispondi alla domanda."

Il silenzio pesò come un macigno.

Sentii un sospiro di frustrazione, poi dei piedi che strusciavano su travi di legno.

"Era bianca come un fantasma," disse finalmente mia figlia, ogni parola satura di rabbia. "Contenta? Ora apri la porta."

Lanciai un'occhiata a Knifold. Il ragazzo abbassò l'arma.

Quando aprii la porta, una versione più giovane di me stessa mi fissò senza battere ciglio. I capelli lunghi erano raccolti in una treccia colore dell'onice, con sparute ciocche bianche. Gli occhi risplendevano del medesimo verde smeraldo dei miei.

"Che cosa significa tutto questo?" Telia sbirciò dentro casa. "Dov'è Blanchette?"

"Entra," le dissi, guardandomi intorno. Il sole era ancora alto nel cielo, ma un banco di nubi ne soffocava la lucentezza. "Dobbiamo parlare."

"Madre, non ho intenzione di spendere con te più tempo..."

"Ho detto, *entra*. Fuori non è sicuro."

Telia roteò gli occhi. "Madre, non dirmi che hai smesso di prendere le tue erbe."

"Erbe? Questo non ha niente a che vedere con i miei incubi, ragazza. Entra. Adesso!"

Mi feci da parte e tenni la porta aperta.

Con riluttanza, Telia entrò. Aggrottò la fronte quando vide il cacciatore.

"Telia, questo è Knifold, il guardaboschi che vigila la foresta. Knifold, questa è mia figlia Telia."

"Che la benedizione dell'Unica Madre risplenda su di te," Knifold si chinò leggermente.

"E su di te," rispose Telia. "Madre. Che cosa sta succedendo? Dov'è mia figlia?"

"Sta dormendo." Feci un cenno verso la cucina.

"Bene," Telia sospirò. "Cominciavo a preoccuparmi. Perché l'hai trattenuta così a lungo? Sai che non voglio che stia fuori di casa per più di qualche giro di clessidra." Mi passò accanto e si diresse verso la cucina.

"Non si sveglierà," le dissi.

Telia mi studiò, sorpresa. "Cosa?"

"Le ho dato la Benedizione del Domani. Dormirà per almeno qualche altra ora."

"Hai *drogato* mia figlia?"

"Per favore, siediti," le dissi, sentendo il peso degli anni sulle spalle. "C'è qualcosa che devi sapere."

Capitolo 2: Legami di sangue

Il volto di Telia rimase a lungo imperscrutabile. Era un brutto segno, lo sapevo. Peggio di quanto mi aspettassi.

Mi guardò come se stesse cercando di decidere se fossi pazza. "Non è possibile," disse alla fine, il tono secco come foglie d'autunno. "Non ci sono creature del genere a Evasturia. Voglio dire, un demone mutaforma? Non ho mai sentito parlare di qualcosa del genere. Siamo troppo lontani dalle cime oscure di Durungani. Non c'è niente di valore per i servi del Signore delle Ombre così a nord."

Telia aveva ragione. Le creature peggiori che Evasturia avesse mai visto erano termiti saltimbanche, e tutto ciò che quegli insetti attaccavano erano tronchi e travi di legno. Un demone mangiauomini in questa regione era improbabile quanto un cobra volante.

Premetti il palmo delle mani sul vecchio tavolo di quercia per celare il tremore e mi sforzai di mantenere un tono quieto. "Ti sbagli. Ci sono persone innocenti, Telia, isolate dalle grandi città. La guarnigione di custodi più vicina è a due giri di sole di distanza. Tamshaft e i paesi minori non sono nemmeno riportati sulla maggior parte delle mappe. Questi demoni non hanno avuto nessuno che li contrastasse da quando sono arrivati a Evasturia."

"Madre, stai parlando di questo demone come se lo avessi visto. Come fai a sapere che esiste per davvero?"

Adocchiai Knifold. Il cacciatore era rimasto in silenzio per l'intera durata del racconto. Fece un segno di assenso, e tornai a guardare mia figlia. "Perché è legato nella mia camera da letto."

Telia mi fissò allibita. "Che... che cosa?

Annuì verso Knifold. "Mostraglielo."

"Come desideri." Il custode si alzò e aprì la porta della camera da letto.

Telia sgranò gli occhi. "Per l'Albero Eterno! Cos'è quella *cosa*?"

"Rilassati," dissi. "È legato con una corda elfica. E gli abbiamo somministrato abbastanza sonnifero da mandare in letargo una montagna."

"Che cosa?" Telia aprì e chiuse la bocca. "Vuoi dire che è *vivo*?" Si alzò di scatto dalla sedia, facendola cadere con un tonfo, le mani irrigidite a pugno per soffocare l'urlo. "Che follia è questa? Cacciatore, perché non l'hai ucciso?"

"Perché sarebbe stata una scelta sbagliata," dissi prima che Knifold potesse rispondere. "Siediti. Sai solo una parte della storia."

"C'è dell'altro?

"C'è un altro demone qui a Evasturia," dissi. "Stiamo tenendo prigioniero il suo compagno in modo che i guardaboschi possano interrogarlo."

Telia studiò l'espressione del cacciatore come se cercasse una conferma a quello che avevo detto.

"So quello che faccio, Telia. Fidati di me."

"Fidarmi di te? Mia figlia è nella stanza accanto a quella dove dorme quella… *cosa*! Perché non l'hai mandata da me? Ti rendi conto del rischio che corre?"

"Cappuccetto Rosso, è troppo debole per viaggiare."

"Non chiamarla in quel modo! Non è quello il suo nome."

"Va bene," dissi, mantenendo un tono quieto per cercare di non agitarla ulteriormente. "*Blanchette* ha esaurito tutte le forze. È debole. Non è saggio farla sforzare."

"Debole? Che sciocchezze dici? Le nostre case sono a meno di un giro di clessidra di distanza."

"Ascolta. È successo qualcosa a me e a Blanchette al levarsi del sole."

Telia smise di respirare. "Che cosa è successo?"

Quello era il momento che avevo temuto, ma non potevo rimandarlo per sempre.

Le dissi tutto. Le raccontai del trucco che il demone lupo aveva usato per far tardare Blanchette in modo da potermi divorare prima che lei giungesse da me. Le raccontai del tempo trascorso nello stomaco del mostro, lottando per sopravvivere. Tenni per me i dettagli più raccapriccianti. Quando finii di parlare, il viso di Telia era bianco, la postura rigida e gli occhi vitrei.

"Non può essere," esalò, afferrando i braccioli della sedia. "La mia... la mia povera bambina."

"Se Knifold non ci avesse salvate, non sarei qui a parlarti. Gli dobbiamo la vita. Telia?" Le toccai una mano. "Stai..."

Mia figlia si ritrasse. "Mauren aveva ragione." I suoi occhi mostravano un preludio di lacrime. "L'oscurità si sta diffondendo. Nemmeno le province del nord sono al sicuro."

Era raro che Telia nominasse il suo sposo. Mi fece capire quanto fosse scossa.

"Ascoltami. Ci sono molte cose che non..."

"No." Si alzò di scatto. "Devo riportare Blanchette a casa." Fece per andarsene ma le afferrai il braccio.

"Lasciami andare!"

"È debole," insistetti, trattenendola. "Ha bisogno di riposare."

"Non dirmi di cosa ha bisogno mia figlia! È colpa tua se si trova in questa situazione."

"Knifold, vorresti lasciarci sole per un momento?"

Il giovane guardaboschi prese il fucile e nonostante cercò di nasconderlo, colsi il respiro di sollievo per non dovere assistere alla scena.

Mi girai verso Telia. "So che è difficile da credere, ma il peggio è passato. Fidati. Posso aiutare i custodi a disfarsi dell'altro demone."

"*Tu* puoi aiutarli?" Telia riuscì a liberarsi dalla mia presa. "Per la Benedizione della Luce, madre. Hai sessantacinque primavere! Riesci a malapena a camminare."

"Il mio giuramento non invecchia, Telia, e nemmeno

la mia fedeltà al Sacro Tetto di Quercia e alla Pietra di Mezzanotte."

"Tu e i tuoi giuramenti! Pensavo avessimo risolto questa faccenda. Al ritorno dalla tua ultima *avventura* hai promesso che non ci sarebbero stati più pericoli. L'hai giurato sulla culla di Blanchette."

"È vero, e ho mantenuto la promessa. Ho seppellito la mia ascia, ho appeso il cappuccio nell'armadio. Per quasi dieci giri di stagioni sono rimasta con le mani in mano, onorando la mia parola. Ma non permetterò che l'oscurità minacci ciò che mi è caro nella mia stessa casa."

"Perché non gli lasci fare il suo lavoro?" Telia gettò un'occhiata sulla sedia dove fino a un attimo prima era seduto Knifold. "Quel cacciatore è nel fiore degli anni, è forte e soprattutto ha un'arma."

Sorrisi amaramente. "Tutte cose che sei convinta io non possieda più, non è vero?"

"Non è quello che intendevo."

"Ti sei fermata a guardarlo? Mhmm? Knifold è un ragazzo. La Cerchia lo ha mandato a Evasturia perché non succede mai niente. C'è un demone mutaforma in agguato nel bosco. Non capisci? Non è pronto ad affrontarlo."

"Allora dovrebbe informare la Cerchia. Che mandino guerrieri esperti per proteggerci!"

"E lo farà. Ma quando i custodi arriveranno sarà passato del tempo, e avranno bisogno di informazioni utili il prima possibile. Capisci adesso perché c'è un demone che dorme nella mia camera da letto?"

Telia scosse la testa. "Non vedevi l'ora che ti capitasse una cosa del genere, non è vero? Sei nel tuo elemento.

Finalmente un'occasione per vivere un po' della gloria passata. Madre, tu vuoi essere coinvolta. Hai *bisogno* di essere coinvolta."

"Telia, non lasciare che l'odio offuschi il tuo giudizio. Non capisci perché..."

"No, madre. Sei tu che non capisci." Mi voltò le spalle. "Mauren aveva ragione. Sceglieresti la tua stramaledetta ascia piuttosto che la famiglia. Pensavo che fossi cambiata. Avrei dovuto capire che sei rimasta la stessa donna egoista che ha lasciato morire il suo sposo."

"Telia..."

"Non voglio più discutere. Porto via Blanchette. Adesso!" Mi accasciai sulla sedia. Non avevo più la forza di fermarla.

"Stai bene, mia Signora?" Knifold tornò a sedere al mio fianco. "Vuoi che le parli?"

"Lascia stare." Le mani mi scivolarono in grembo. "Ascolta. Ho bisogno che le scorti a casa."

"Sarà fatto."

"Porta il tuo cavallo. Ti aiuterà ad accelerare il viaggio verso Tamshaft. A quel punto, sai che cosa fare."

Il guardaboschi rimase in silenzio per qualche istante, assorto nei suoi pensieri. Alla fine, non senza esitazione, mi guardò, "E tu che cosa farai?"

Lanciai uno sguardo verso la finestra. "Devo dissotterrare il mio passato."

Capitolo 3: La Signora dell'Ascia

"Nonna, non voglio lasciarti!"

Blanchette mi stava tenendo la mano come se avesse paura che potessi cadere da un momento all'altro.

"Andrà tutto bene, bambina mia." Le diedi un bacio sulla guancia mentre una folata di vento le scompigliava I capelli. Il profumo di gelsomini era forte nell'aria. "Stai vicina a tua madre e non ti accadrà nulla di male. Te lo prometto."

"Non è di me che mi preoccupo." I suoi occhi erano stretti come fessure. "E se un altro mostro venisse a cercarti? Sarai sola, vulnerabile e... e..." Lasciò la frase a metà, poi scosse la testa e non disse altro.

Sospirai. Il rimedio che le avevo dato non aveva fatto effetto. Blanchette ricordava tutto quello che era successo.

"Non mi accadrà nulla," le dissi cercando di apparire sicura. "Guarda, ho qualcosa per te." Le diedi una piccola fiala con un liquido color ambra.

"Che cos'è?" La bambina esaminò la piccola ampolla.

"Si chiama Aqualuma. È la pozione corrosiva più potente che possiedo. Non è dannosa per gli esseri umani, ma se una goccia di questo intruglio toccasse una creatura delle tenebre, avrebbe lo stesso effetto della lava. Tienila sempre con te. Sarà il tuo guardiano."

"Penso che tu ne abbia più bisogno di me, nonna."

"No. Ora sai che non sono un'innocua vecchietta. Se posso avere a che fare con draghi, posso avere a che fare con demoni, non credi? Adesso vieni qui, e abbracciami."

Telia ci stava osservando da sotto le fronde di un quercia, le braccia strette al petto. "È ora di andare, Blanchette. Presto sarà buio."

"Madre, perché la nonna non può venire con noi?"

Telia fece per rispondere, ma fui più veloce. "Perché ho delle cose da fare, bambina mia."

"Che cosa devi fare?"

Diedi un'occhiata al giardino di fronte alla mia casa, e poi alla porta d'ingresso, dietro la quale mi aspettava un demone addormentato.

"Tua madre ha ragione," dissi, evitando di rispondere alla domanda. "Si sta facendo buio. È ora che andiate."

Diressi lo sguardo verso Knifold. Le sue mani guantate tenevano le redini del cavallo. "Andiamo," disse.

"Ricorda quello che ti ho detto," dissi, i miei occhi fissi su Telia.

Mia figlia accennò un segno d'assenso portando una mano al petto. L'anello di topazio che poco prima le avevo affidato si nascondeva lì, in un taschino interno. Sapevo che stava ripensando alla conversazione che avevamo avuto poco prima che svegliasse la bambina.

"Assicurati che sia vicino alla porta principale," le avevo suggerito.

"Che cos'è?" Telia aveva guardato il talismano con sospetto.

"È una protezione contro le forze del male. Mi è stata affidata da un arconte degli gnomi che avevo..."

"Non m'interessa chi te l'ha data. Sai che non credo ai tuoi gingilli luccicanti."

"Allora non farà alcuna differenza se lo usi, giusto?" Le avevo messo il talismano in mano nonostante le sue proteste. "Te ne prego. Vi terrà al sicuro."

"Madre, sei certa che i tuoi intrugli non ti stiano facendo perdere la ragione?"

"Sto bene."

"Davvero? Se la metà di quello che mi hai detto è vero, non dovresti stare affatto bene."

"Non devi preoccuparti. Pensa a proteggere Blanchette."

Telia aveva distolto lo sguardo. Per un minuto c'era stato un silenzio teso, poi era tornata a guardarmi con un'espressione illeggibile. "Lo sogni ancora?"

Quella domanda giunse inaspettata. Sapevo che Telia si stava riferendo a suo padre. Lasciai che un altro lungo intervallo di silenzio s'insinuasse nella conversazione.

"C'era da immaginarselo." Telia aveva messo l'anello nel taschino. "Raddoppia la dose, madre. E se fossi in te, taglierei la gola a quel demone finché sei in tempo."

Le sue parole risuonarono come il rintocco di una campana da funerale.

Ma non avevo tempo per indugiare sul passato.

Guardai Knifold, Telia e Blanchette uscire dalla radura e perdersi nella foresta. Il giovane custode non sarebbe tornato prima del pomeriggio. Gli avevo fatto giurare sull'Unica Madre che non sarebbe andato a caccia del demone da solo. Il guardaboschi aveva accettato, vincolando il suo onore alla promessa. Una cosa in meno di cui preoccuparmi.

Ora non restava che attuare il mio piano.

Avevo dubbi sulle decisioni prese fino a quel momento: lasciare vivere il demone, raccontare a Telia quello che era successo, mandare Knifold ad avvertire gli abitanti di Tamshaft. Avevo fatto le scelte giuste? Quella domanda mi perseguitava.

Il vento s'insinuò fischiando tra i rami delle querce e mi sembrò di sentire parole familiari.

"Tavana, Guardiana Incappucciata di tutte le foreste e Signora dell'Ascia; ricordati chi sei."

"Sto facendo del mio meglio," risposi esausta. Fui scossa da un conato di vomito. Respirai profondamente, combattendo il senso di nausea.

Non c'era tempo per i rimpianti.

Nelle vicinanze del grande pozzo ritrovai le pietre squadrate che avevo posto tanto tempo addietro. Presi una pala e iniziai a scavare.

Quando colpii qualcosa di solido, gettai l'attrezzo a terra e usai le mani per portare alla luce l'oggetto che avevo seppellito due lustri or sono.

Si trattava di un forziere in quercia meriadok. Era stato sigillato con un incantesimo di conservazione. Solo la mia mano poteva aprirlo.

Alzai il braccio e il coperchio si aprì, rivelando l'interno.

Rivedere la collezione di pergamene con mappe di ogni foresta, deserto e isola che avevo attraversato negli anni, assieme a un mucchio di lettere legate con un paio di stringhe mi fece sorridere. Esaminai le missive. Alcune riportavano la mia grafia, stretta e formale, mentre altre erano scritte da una mano più pesante, ogni parola densa di inchiostro, come se fosse stata impressa con uno stampo. Il mio sposo non era mai stato abile a scrivere. Trattava le lettere come se fossero rune. Quando giunsi all'ultima corrispondenza mi fermai a leggere il messaggio. *"Al mio desiderio che si è avverato."* Intascai la lettera con mani tremanti. Sotto le pergamene trovai un piccolo sacchetto che conteneva una dozzina di fiale. Ne presi una con un liquido color zafferano e bevvi il contenuto.

La polvere di galvania che rendeva la pozione così preziosa fece effetto quasi subito. Sentii un'ondata di calore inondare il mio stomaco, il sudore cominciò a raccogliersi sui palmi delle mani e sulla fronte. Tutti i miei dolori, acciacchi, perfino la mia stanchezza, scomparvero in pochi istanti. Chiusi i pugni fino a sentire le unghie conficcarsi nei palmi, un movimento che l'artrite aveva reso impossibile. Chinai la schiena e potei quasi toccarmi i piedi. Ogni indolenzimento, tensione e disagio era stato espulso dal mio corpo come un esorcismo.

La pozione era conosciuta come il 'Rimedio del Folle', e per una buona ragione. Il sollievo non sarebbe durato. La galvania era un elemento raro venduto dagli gnomi. Le truppe da combattimento e i mercenari la usavano per eliminare temporaneamente gli effetti della stanchezza e per rimanere vigili.

Esaminai il resto delle fiale. Avevo sperato di trovare un siero della verità tra le pozioni, ma la memoria mi aveva giocato un brutto scherzo.

Continuai a rovistare finché non trovai un altro sacco. All'interno c'erano rubini, ametiste, perle e abbastanza oro da comprare un cottage due volte più grande di quello che possedevo. Erano i risparmi di una vita, e avevo intenzione di darli a Telia quando fosse giunto il momento giusto. Non era molto, ma sarebbe stato sufficiente a garantire a mia figlia una vita agiata e avrebbe dato a Blanchette un'istruzione adeguata in una delle grandi città del nord.

Continuai a frugare nel sacco e trovai due pietre azzurre quasi identiche, grandi quanto ciottoli. Ne tenni una in mano, l'altra la lanciai a diversi passi di distanza.

Quando strofinai la pietra contro la superficie ruvida del pozzo, delle scintille d'argento esplosero dalla pietra gemella a qualche passo di distanza. Sospirai, soddisfatta che le pietre funzionassero ancora. Trovai l'ultimo oggetto di cui avevo bisogno avvolto in un lungo mantello di seta.

Esitai. Sentii il sangue pulsare nelle tempie mentre rimuovevo la stoffa, rivelando un'ascia che brillava di luce blu zaffiro. Quando le dita si chiusero attorno all'impugnatura, si sentirono a casa. Lasciai che la luce del giorno battezzasse la mia compagna. Pesava il doppio di quanto ricordassi.

"Rallegrati, Sappheria," dissi, il pollice che sfiorava il bordo della lama. "Non mi sono dimenticata di te."

Immaginai nemici tutt'attorno mentre muovevo Sappheria per abituarmi al suo peso. Anche con l'aiuto della galvania mi ritrovai senza fiato dopo pochi istanti.

"Beh," dissi ansimando. "C'è stato un tempo in cui eri leggera quanto un mazzo di fiori. L'età ha reso il mio braccio indegno di te, Sappheria, ma non ti tratterò più come una reliquia maledetta. Io sono parte di te, e tu sei parte di me."

Chiusi il forziere e lo ricoprii di terra.

Quando rientrai a casa fui accolta dal russare del demone. Posai Sappheria sul tavolo e mi diressi verso l'unico mobile in cucina. All'interno c'era una piccola scatola di bronzo che conteneva una pinza, un astuccio di sutura e un coltello lungo e affilato. Presi gli strumenti ed entrai in camera da letto. Il petto del demone, come un mantice, si alzava e abbassava.

Estrassi il coltello dalla scatola e fissai la lama. Mi

chiesi quanti innocenti avessero sofferto una morte lenta e dolorosa per causa sua. Mi tornarono in mente le parole di Telia. *"Se fossi in te, taglierei la gola a quel demone finché sei in tempo."*

No. Quello era il modo veloce di affrontare il problema.

Studiai la ferita sullo stomaco del lupo. Il taglio continuava a rimpicciolirsi.

"Come ci si sente," dissi, la mia voce un sibilo quasi inaudibile, "ad essere *tu* quello che non può fare a meno di dormire?"

Mossi il coltello con un veloce gesto della mano e riaprii la ferita sul suo ventre. Subito dopo gli premetti il coltello sul collo. Non successe nulla. Il demone continuò a russare.

Pescai una delle pietre azzurre dalla tasca e la spinsi all'interno della ferita, poi ricucii il taglio. Mi sentivo euforica. La pozione di galvania mi aveva permesso di portare a termine un'operazione che le mani ormai tremanti avrebbero reso impossibile. Avevo di nuovo la fiducia di potere compiere quella missione. Ero tornata ad essere la Signora dell'Ascia.

Capitolo 4: La cicatrice dell'anima

Uscii dalla camera e lavai le mani dal sangue del demone. Guardai fuori dalla finestra. Il sole aveva percorso gran parte della sua parabola discendente. Knifold non sarebbe tornato prima del tardo pomeriggio. Questo mi lasciava ancora tempo.

Non avevo fame, ma sapevo che dovevo mangiare per

mantenermi in forze. Presi dalla dispensa pane secco e pesce essiccato.

Mentre mangiavo lanciai uno sguardo alla sedia che mi stava di fronte, dove Blanchette aveva dormito. La mia determinazione non si era affievolita. Non c'era niente che non avrei fatto per tenerla al sicuro. Nonostante ciò Telia continuava a serbare rancore nei miei confronti.

Una tempesta di emozioni mi colse in modo inaspettato. Fui a malapena in grado di premere le mani sul tavolo per fermare il loro tremore improvviso.

Le parole di Telia mi tornarono alla mente con la forza di una valanga.

Madre, tu vuoi essere coinvolta. Hai bisogno di essere coinvolta.

Aveva ragione? Avevo agito per un interesse egoistico, perché volevo provare la gloria a cui ero abituata quando indossavo il mio cappuccio incantato, agitando la mia ascia a destra e a manca e lasciando che il mondo cantasse canzoni su di me?

Cercai nel mio cuore qualcosa che mi avrebbe potuto tradire, svelando la vera motivazione dietro le mie azioni.

"No," dissi, conscia della verità. "Non lo sto facendo per me. Lo sto facendo perché è la cosa giusta da fare."

Pronunciare quell'affermazione ad alta voce ebbe un effetto calmante, e sentii il mio respiro rallentare.

Quando finii di pulire i piatti, asciugai le mani su un pezzo di stoffa che mi pendeva dalla cintura, e le dita sfiorarono la lettera che avevo recuperato dal forziere.

Quando la presi in mano, mi sembrò più pesante di Sappheria. Conoscevo a memoria le parole che il mio sposo aveva scritto, nonostante una parte di me avrebbe fatto di tutto per dimenticare.

Rivissi il ricordo con una chiarezza tale che sembrò una punizione divina.

Quando il messaggero della Cerchia aveva bussato alla porta di casa ero tornata dall'ultima missione da meno di un giro di luna.

Lorion, il mio sposo, si era sentito male negli ultimi giorni a causa della puntura di una vespa a sonagli, e aveva passato la maggior parte del tempo a letto con la febbre. Il suo corpo aveva reagito in modo insolito al veleno dell'insetto e per questo motivo avevo creato un antidoto. Visto che Lorion aveva iniziato a sentirsi meglio, avevo accettato la nuova missione.

Un elfo oscuro stava tenendo in ostaggio un consiglio di fate vicino al lago Suntax, nella provincia di Impala. Ero la guardaboschi più vicina a quella zona. La Cerchia voleva che partissi il prima possibile.

Telia non fu affatto contenta della mia decisione.

"Che razza di consorte farebbe una cosa del genere?" Era solo una giovinetta, ma la sua voce era affilata come una spada a doppio taglio. "Ha bisogno di te, madre. Come fai a non capirlo?"

"Mia Signora." Il messaggero era irrequieto. "Dobbiamo andare."

Lo ignorai. "Telia, ascoltami. Tornerò tra qualche giorno."

"Potrebbe essere morto tra qualche giorno!"

Guardai verso la camera da letto. "Ti prometto che starà bene. L'antidoto sta combattendo il veleno. Mi aspetto che si riprenda in un paio di giorni."

"Non puoi saperlo con certezza. E se non funziona? Non so nulla di veleni. Non sarei in grado di aiutarlo."

"Fidati di me. Starà bene."

"Madre, lo sai quanti giri di sole sei stata via la stagione passata?"

"Telia, che cosa c'entra questo con..."

"Lo sai?"

"No," dissi. "Non ho tenuto il conto."

"Cinquantotto giri di sole. *Cinquantotto*. A volte mi chiedo se ti ricordi ancora i nostri nomi."

"Te ne prego, aspetta fuori," dissi al messaggero.

"Come desiderate."

"Telia, stammi a sentire. La Cerchia mi ha convocata con urgenza. Ci sono persone che fanno affidamento su di me."

"Non puoi dire loro che devi prenderti cura del tuo sposo?" Telia aveva lanciato un'occhiata oltre la finestra. "Potresti per una volta almeno *fingere* che siamo più importanti di una frase scritta su un pezzo di carta."

Tu sei importante. Quelle parole erano sulle mie labbra, ma non le pronunciai.

"Telia."

Sentimmo la porta della camera da letto aprirsi e ci girammo. Lorion si reggeva in piedi con un bastone.

"Padre, cosa fai in piedi? Sai che devi riposare."

"Sono stanco di guardare il soffitto. E poi sto bene."

"Ma non puoi..."

"I 'ma' non mi sono mai piaciuti, principessina del paese delle fate." Lorion le sorrise. "Davvero. Mi sento meglio." Coprì la distanza che lo separava da Telia e le strinse il naso tra le dita. "Non ho alcuna intenzione di morire."

"Ma... solo ieri non riuscivi a respirare e..."

"E oggi sono in piedi e ti sorrido. Visto? Sto migliorando."

Telia non sembrava convinta.

"Sto bene," insistette Lorion. "Davvero. L'antidoto sta funzionando."

Telia lo fissò con la fronte aggrottata, come se stesse discutendo con una pietra. Alzò le mani al soffitto. "Non importa a nessuno quello che dico?"

"Ogni parola che dici è importante, figlia mia. Mi daresti un momento con tua madre?"

"Ha preso tutto da te," disse Lorion osservandola andare via.

"Stai davvero bene?" Gli accarezzai il volto. "Tua figlia ha ragione, dovresti tornare a letto a riposare."

"Riposare? Dovrei stare lì fuori a tagliare tronchi. Sto bene, te l'ho detto. Quando tornerai, sarò in grado di camminare sulle mani."

Lanciai un'occhiata alla camera di Telia. "Pensa che non m'importi niente di voi. Mi odia."

"Ha quattordici giri di stagioni, Tavana. Come te la cavavi tu a quell'età? La verità è che si preoccupa per te."

"Per *me*!?"

"Sì, e quell'atteggiamento aggressivo è il suo modo di dimostrarlo."

"Beh, ha ragione. Non sono la madre che avrebbe voluto."

"Ogni persona ha un ruolo in questo mondo. Tu non

sei una donna qualunque, Tavana, figlia di Kalla. È per questo motivo che ho chiesto a un druido di legarci le mani con il salice della consacrazione. Se avessi voluto una donna che si accontentava di cucinare e rammendare vestiti, non ti avrei presa in sposa. Sono orgoglioso di quello che fai per il regno, sono orgoglioso di chi sei. Non dovresti sentirti dispiaciuta per rendere il mondo un posto migliore ogni volta che esci da questa casa." Il castano dei suoi occhi sembrò illuminarsi per un momento, assieme al lieve accenno di capelli grigi intorno alle tempie. Stavo per aggiungere qualcos'altro, quando Lorion mi baciò.

"Non prendere freddo," mi disse sorridendo. "Cappuccio incantato o no, è il cuore dell'inverno. Non vogliamo che la Signora dell'Ascia starnutisca come un cammello di laguna quando torna, non è vero?" Mi afferrò il naso, proprio come aveva fatto con Telia.

Risi allegramente. "Farò del mio meglio."

Telia non venne a salutarmi.

La missione mi tenne lontana per tre lune, al termine delle quali riuscii a salvare da morte certa tredici fate, evitando disordini politici che avrebbero gettato nel caos la provincia di Impala.

Non ricordo i nomi di quelle fate, né i loro volti. Avevo semplicemente fatto il mio dovere.

Quando tornai, Lorion era morto da due giri di sole.

Ricordo ancora il momento in cui Telia mi diede la notizia. Fu come se la terra mi avesse inghiottita.

Poche giri di clessidra dopo la mia partenza, il suo corpo aveva sviluppato una reazione al rimedio che gli avevo dato.

Non era stata la puntura dell'insetto a ucciderlo. Ero stata io.

Telia mi gettò una pergamena stropicciata senza la minima espressione in volto. Era come se un fantasma stesse parlando con un'ombra. "Ti ha voluto lasciare un messaggio," disse, i suoi occhi rossi e gonfi.

Non cercai di fermarla quando prese le sue cose e se ne andò da casa. Che cosa potevo dirle? Aveva avuto ragione, ed era stato Lorion a pagare.

Da quel momento il rancore di Telia non fece che crescere, alimentato da una rabbia che le parole non potevano esprimere. Non l'ho mai biasimata. Era per questo motivo che mandava Blanchette quando doveva consegnarmi qualcosa, pur di non vedermi.

Meritavo il suo odio.

Sbattei le palpebre mentre il ricordo sbiadiva, diventando rimpianto e dolore. I battiti del mio cuore accelerarono. Aprii il pezzo di carta e fissai il messaggio.

Le parole di Lorion erano poco più che abbozzate.

Non farmi diventare il tuo rimpianto, Tavana. Ti ho sempre amato e ti amerò sempre. Ti terrò un posto accanto a me vicino all'Albero Eterno.

Posai la lettera sul tavolo, chiusi gli occhi e fissai l'immagine del mio passato impressa nella memoria. Vidi il volto di Lorion con la stessa chiarezza dell'ultima volta che ci eravamo baciati. Il suo viso era bello, la sua mascella squadrata e i suoi occhi castani. Avvertii le sue dita che si chiudevano attorno al mio naso e sentii la sua risata cristallina come se fosse accanto a me, a prendersi gioco della mia serietà.

Non combattei le lacrime quando arrivarono.

Capitolo 5: La parola di un demone

"Mia Signora?"

Mi svegliai di soprassalto. Knifold mi stava guardando, il suo fucile assicurato a una cintura dietro la schiena. Sembrava preoccupato.

"Ti senti bene?" mi chiese.

"Cosa? Sì. Sto bene. Devo essermi addormentata." Solo allora mi resi conto che le mie guance erano ancora bagnate. Mi asciugai le lacrime con il dorso della mano e mi schiarii la gola. "Come sta la mia famiglia?"

"Al sicuro. Mi sono accertato che Telia mettesse il talismano a protezione della casa."

"E la gente del villaggio?"

"Li ho avvertiti del demone."

"Bene." Guardai fuori dalla finestra. Il cielo era del colore del mandarino. Doveva mancare ormai poco al tramonto. "Che cosa dice la gente del villaggio?"

La faccia di Knifold si rabbuiò.

"Allora?" lo incalzai.

Il ragazzo evitò il mio sguardo. "Sono scomparse undici persone dall'altro ieri."

"*Undici*? Qualcuno ha visto un lupo?"

"Diversi boscaioli hanno intravisto una grossa bestia sul limitare della foresta. Nessuno è riuscito a vederla chiaramente. Tuttavia loro... loro dicono che sembrasse più grosso di un cavallo. Cosa pensi che significhi?"

Scossi la testa. "Potrebbe voler dire molte cose. Forse l'altro demone ha una forma diversa." Riflettei sulle parole di Knifold. "Undici persone sono davvero tante. La notizia che porti da Tamshaft è la conferma che la creatura è ancora là fuori, e che sta continuando ad uccidere."

"C'è di peggio. Gli abitanti del villaggio mi hanno riferito che sono scomparsi dei bambini."

Quel poco che restava della mia sonnolenza era sparita. "Pensi che il mostro abbia mangiato anche loro?" gli chiesi.

"Lo pensavo anch'io all'inizio. I genitori con cui ho parlato... beh, la maggior parte erano troppo sconvolti per rispondere alle mie domande. Ma alcuni hanno raccontato che sentono le voci di bambini nella foresta. Hanno intravisto sagome che corrono tra gli alberi. Non so cosa signifìchi, ma non credo che i bambini abbiano ricevuto l'abbraccio dell'Unica Madre. Penso che il demone abbia qualcosa a che fare anche con questo."

"Che mi dici dell'avvertimento per il sergente Dunkun?" chiesi. "Hanno mandato un messaggero?"

"Sì, hanno scelto un uomo che serviva nella brigata di un signorotto. Possedeva un cavallo e sapeva come spostarsi nella valle. Con un po' di fortuna, arriverà a Ellermore al secondo sorgere del sole."

Non era abbastanza veloce. Iniziai a camminare davanti al focolare. "Se il demone continua a uccidere, moriranno almeno un'altra dozzina di persone prima dell'arrivo dei custodi. Quello che hai detto sui bambini mi turba particolarmente." Mi fermai di colpo. Il giovane guardaboschi era in attesa che continuassi. "Non possiamo aspettare i fratelli della foresta, Knifold. Dobbiamo agire adesso."

"Cos'hai in mente, mia Signora?"

"Dobbiamo raccogliere informazioni." Feci un cenno

verso la porta chiusa. "Dobbiamo trovare l'altro demone. Siamo gli unici a poter contrastare la creatura."

"Mia Signora, il mio rispetto per te è grande, ma interrogare da soli quel demone potrebbe essere al di là delle nostre forze..."

"Non vedo alternative. Hai mai ragionato con un demone?"

"Io?" L'espressione di Knifold si fece tesa. "Ho parlato con un Kurati durante l'addestramento a Gikasa."

"I Kurati sono creature evolute, l'eco perduta di un servo di Durungani. Hanno abbandonato il richiamo del signore oscuro da un millennio e ora condividono con noi la luce. No, intendo dire un demone con il sangue negli occhi, che si ciba di carne umana."

Le guance di Knifold si tinsero di rosso. "No," ammise. "Non ho mai parlato con un essere simile."

"Ci sono diversi tipi di demoni, e temo che quello che dorme nella mia camera abbia un'intelligenza molto vivida. Un demone mutaforma è qualcosa che non ho mai visto. Dobbiamo agire con cautela."

"Che cosa hai in mente?"

"Dovremo inscenare una farsa."

"Una farsa?"

"Sì, è importante che pensi che sia tu al comando. Gli porrai delle domande qualsiasi. Ciò che conta è che tu lo faccia parlare."

"E tu che cosa farai?"

"Mi siederò dietro di te," dissi, "e farò del mio meglio per studiare le sue reazioni."

Knifold aggrottò le sopracciglia. "Non capisco."

"Abbi fede. Saprò cosa fare una volta che avrà iniziato a parlare."

Knifold annuì senza convinzione.

Non era il solo. Conversare con un demone non è un compito da prendere alla leggera. Avevo interrogato molti prigionieri nei sotterranei di Zoashan e nelle torri della fortezza di Korindara. La maggior parte delle volte mi era parso di giocare a una partita di scacchi. Ero insicura, ma non potevo lasciar trasparire la mia esitazione.

"Andiamo." Una volta nella stanza chiusi le persiane e sistemai due sedie ai lati del letto. "Sei pronto?"

"Pronto, mia Signora."

Estrassi dalla tasca una fiala che conteneva polvere di gelsomino, scorza di agrumi e il chiaro di luna delle fate. Aprii l'ampolla e la posi sotto il naso del prigioniero. Contai tra me e me fino a dieci quando il demone iniziò a muoversi, e le sue palpebre vibrarono.

"È tutto tuo," mormorai a Knifold.

Andai a sedermi nell'angolo più distante della stanza.

Ci volle qualche momento prima che la creatura tornasse in sé. Quando aprì gli occhi, annusò l'aria e ruotò il muso, valutando l'ambiente circostante. Nel momento in cui cercò di alzarsi, e scoprì che era legato, iniziò a ringhiare.

"Sei mio prigioniero, creatura delle tenebre," disse Knifold. "Non puoi fuggire."

Il lupo tentò di avventarsi con tutto il peso contro il ragazzo, ma la corda resse. Latrò, girandosi e strattonando le corde. Quando capì che non poteva romperle, il suo pelo si abbassò, smise di dimenarsi e si volse verso Knifold. Studiò il fucile del cacciatore, poi indugiò lo sguardo sugli orecchini verdi. Alla fine i suoi occhi trovarono i miei. Colsi un barlume di sorpresa sul suo volto, ma fu molto abile nel celarlo.

Annusò l'aria, come se fosse in cerca di qualcosa. Poi, con tono beffardo si voltò verso il guardaboschi. "Divertente," disse. "Questo non ha l'odore di un sogno." Lo sguardo mobile, fissava a turno diversi particolari della camera: i mobili, la finestra, il letto su cui era tenuto prigioniero. "Eppure, sono davvero legato al letto di questa donna da una corda che puzza di elfi." Mi studiò, mostrando le zanne affilate. "Sono sorpreso. Dovresti essere materia digerita dentro il mio stomaco. Come hai fatto a liberarti?"

Sfuggii il suo sguardo, le mani tremanti sul grembo.

"Sono io che faccio le domande, servo di Durungani," sbottò Knifold.

Il sorriso del demone si allargò ulteriormente. "Servo di Durungani? Mi insulti, cacciatore. Guardami con attenzione. Non ho niente da spartire con i vermi che si nascondono nell'oscurità. Io *sono* l'oscurità."

"Voglio sapere chi hai ucciso da quando sei arrivato a Evasturia. Ogni donna, uomo e bambino."

Gli occhi del prigioniero si ridussero a fessure. "Quanti anni hai, ragazzo? Il tuo alito puzza di latte. Bevi ancora dal seno di tua madre?"

"Rispondi alla mia domanda. Quante persone hai ucciso?"

"Quante?" Il demone scrollò le spalle. "Non conto i miei pasti. Mangio quando ho fame e dormo quando ho sonno."

"Dimmi quello che voglio sapere."

"Presti forse attenzione alle formiche che calpesti mentre cammini? Lo stesso vale per me. Penso solo alla carne, e al delizioso midollo dentro le ossa."

"Ti strapperò la verità da quella bocca blasfema, creatura della notte, con le buone o con..."

"Hai un fratello o una sorella?"

"Cosa?"

"È una domanda semplice. Hai un fratello o una sorella?"

Knifold, a cavalcioni sulla sedia con le braccia poggiate sullo schienale, sbattè le palpebre alla parola 'sorella'.

"Aaah, una sorella." Il lupo schioccò le labbra. "L'odore svela più delle parole, soprattutto quando c'è di mezzo il sangue."

Knifold si alzò di scatto. "Il mio odore dovrebbe essere l'ultima delle tue preoccupazioni. Sei legato e in mio potere. Non vedi?"

"Oh, sono legato, questo te lo concedo. Ma sono davvero in tuo potere? Ne dubito. Sai perché dovresti preoccuparti di più del tuo odore?"

"Non m'interessa..."

"Semplice: perché ora che lo conosco, posso trovare la tua famiglia ovunque si trovi. Che cosa credi che..."

Knifold sbatté il calcio del fucile sulla mascella del lupo. "Un'altra parola, e lo assaggerai di nuovo."

La creatura emise un suono a metà tra un latrato e una risata. "Oh, devo aver toccato un nervo scoperto."

"Se hai finito di blaterare..."

"Stai facendo un grosso errore, cacciatore. Pensi che le mie minacce siano vuote come la borsa di un medicante. Lascia che ti mostri perché ti sbagli." I suoi occhi indugiarono sulle braccia di Knifold. "La tua pelle mi parla della terra dell'ovest: il regno di Kutrasha, o forse la città-stato di Altasa. Alla tua gente non piace mischiarsi con i pellechiara. Tenete molto alle vostre tradizioni. E quegli orecchini... Ah, sì. Mi raccontano un'altra parte della storia. Orecchini di Verde Vero vengono indossati solo dalla gente di Lamoria. Ora, in una giornata senza vento posso sentire l'odore di una persona a una lega di distanza. Quanto tempo pensi che mi ci vorrà per trovare la tua famiglia nella pianura rocciosa? Mhmm? Un giro di luna? Forse due, se me la prendo con comodo."

Knifold tacque, ma lo sguardo ne tradiva lo stato d'animo: il demone non era andato lontano dal vero.

"E ora viene il bello. Quando troverò i tuoi cari, non li ucciderò immediatamente. Prima farò supplicare I tuoi genitori. E tua sorella... beh, ho bisogno di divertirmi anche io, e non ho mai assaporato il sangue di una giovane lamoriana..."

Knifold puntò il fucile contro la creatura.

"Mettilo giù."

Il cacciatore si girò verso di me. "Mia Signora. Questo mostro..."

"Ho detto, *mettilo* giù."

Il giovane abbassò lentamente il fucile.

"Ora siediti," dissi.

Knifold rimase a lungo a fissare il demone, la mascella serrata e gli occhi sgranati, ma alla fine si sedette.

"Stupefacente." Il demone si leccò i baffi, un'espressione sorniona sul muso. "Un guardaboschi che prende ordini da una vecchia. Il mondo deve essere impazzito mentre stavo dormendo."

Portai la sedia vicino al letto. "Il mio nome è Tavana, figlia di Kalla."

"Non parlo con i miei pasti prima di divorarli, ma credo che oggi farò un'eccezione per te. Voi gente del nord vi stringete la mano quando vi salutate." Addentò la corda che gli impediva di squarciarmi la gola.

"Sarà sufficiente che tu mi dica il tuo nome."

Gli avevo annunciato il mio senza esitazione, dimostrando che non lo temevo. Lui poteva fare lo stesso, oppure poteva mentirmi o rimanere in silenzio. In ogni caso, avrei capito qualcosa su di lui.

"Non ho un nome che la tua lingua possa pronunciare," disse la creatura, le sue parole lente e misurate. "Tuttavia, ho sempre pensato a me stesso come a un frammento di leggenda perduta. Puoi chiamarmi in questo modo."

"Vuoi che ti chiami Frammento di Leggenda Perduta?"

"Suona bene, non è vero? Devi essere furiosa con me, Tavana."

"Non sono una che serba rancore. Voglio sapere di più sul tuo conto."

"Davvero? Che cosa ti fa pensare che risponderò alle tue domande?"

"Che cosa?" Presi dalla tasca la pietra azzurra e gliela mostrai. "La gemella di questa si trova nel tuo stomaco."

L'espressione beffarda del demone svanì all'istante.

"Vedo che sai cos'è una pietrafiamma. Bene, questo

mi risparmierà di doverti spiegare il rischio di avere un oggetto del genere nella pancia."

Frammento di Leggenda Perduta mi studiò con attenzione, alla ricerca di qualcosa. "Chi sei davvero, Tavana? I tuoi occhi sono un enigma. E le tue mani... Mhmm. Interessante. Le cicatrici che ostenti raccontano una storia che non riesco a decifrare."

"Non sono ciò che appaio. Dovresti imparare la lezione."

"Che lezione?"

"Scegliere con più cura i pasti, per non fare indigestione."

La belva scoppiò a ridere. "Me lo ricorderò la prossima volta che sorprenderò una vecchia nel suo letto." Si agitò sul letto, sporgendo il muso verso di me. "Tutto questo parlare mi ha fatto venire sete," sbottò. "Dammi dell'acqua."

"Rispondi alle mie domande, e forse l'avrai."

Frammento di Leggenda Perduta scrollò le spalle. "Sei riuscita a sopravvivere a morte certa, e questo esige rispetto. Che cosa vuoi sapere?"

"Da dove vieni?"

"Da dove? Dappertutto e da nessuna parte."

"Va bene, proviamo con qualcosa di più semplice. Qual è l'ultimo posto che chiamavi casa prima di giungere a Evasturia?"

"Una regione nel sud, nascosta dentro la fossa di Lashworn."

"Sta mentendo." Le nocche di Knifold erano bianche mentre stringeva il fucile. "La fossa è stata chiusa mille anni fa dagli Eterni."

"Beh, ragazzo, evidentemente non hanno fatto un buon lavoro."

Knifold rischiava di interrompere il ritmo della conversazione. "Te ne prego," dissi, "portagli dell'acqua."

Knifold fu sul punto di dire qualcosa, ma scossi la testa senza dargli possibilità di replicare. "Come desideri." Si alzò e uscì dalla stanza.

"Curioso," disse il demone quando rimanemmo da soli, "un guardaboschi al guinzaglio di una vecchia. Come hai fatto?"

"C'è un tuo simile nella foresta di Evasturia," proseguii, senza dare a Frammento di Leggenda Perduta la possibilità di cambiare conversazione. "Dove si trova?"

La bestia sgranò gli occhi. "Sei piena di sorprese, Tavana. Però ti sbagli: non si tratta di un 'lui', ma di una 'lei'."

"Dimmi dov'è."

"Da qualche parte qui attorno." Il demone latrò, e capì che stava ridendo. "Ora che ci penso, non so per quanto tempo abbia dormito. Potrebbe essere preoccupata. Mhmm. Magari mi sta cercando proprio in questo momento."

"Correremo il rischio."

Frammento di Leggenda Perduta scosse la testa. "Pensi che io sia pericoloso, ma non sai di che cosa è capace mia sorella. È più grande, più veloce e più affamata di me. Farà a pezzi chiunque cerchi di fermarla."

"Parli come un serpente sputaveleno, ma le tue minacce sono trasparenti come l'acqua. Puoi smetterla di cercare d'impressionarmi. Dimmi dove si trova tua sorella."

"Perché vuoi saperlo?"

"Perché voglio renderle la vita facile. Voglio essere *io* a trovarla."

Knifold tornò con una scodella. Dissetò il demone che trangugiò l'acqua con gli occhi ancorati ai miei. Il mio viso non tradiva alcuna emozione. "Vuoi ucciderla?" chiese, gli occhi che luccicavano di divertimento. "Tu, e... questo *ragazzino*? Mi stai chiedendo la via più veloce per il mattatoio." Roteò gli occhi, come per indicare che fossi pazza. "Ma certo! Ti dirò dove si trova. Passa la maggior parte del tempo nel folto della foresta, dove i pini più verdi e svettanti si mescolano a funghi che hanno il colore di stelle d'autunno."

"Poetico," sospirai. Cominciavo a perdere la pazienza.

Conoscevo il posto di cui parlava. Era la parte più antica della foresta.

"Ora che ci penso," Frammento di Leggenda Perduta si guardava attorno. "Che fine ha fatto la dolce bambina che ho divorato... come si chiamava? Ah, sì! Cappuccetto Rosso."

Incrociai le braccia.

"Ah," fece la bestia. "Quindi vive. Questo spiega perché sto morendo di fame. Sai che ti dico, Tavana? Quando tu e il ragazzo sarete morti, trascinerò tua nipote in un pozzo e la torturerò finché non sarà più in grado di distinguere tra realtà e incubo."

"È questo il massimo che riesci a fare?"

"Oh. Ho appena iniziato. Quando avrò finito con lei non avrà più un'anima. Sarà più buia e vuota della notte."

Le sue apparenze cambiarono. La pelle divenne scura come la pece e gli occhi si tinsero di rosso sangue mentre il suo volto si restringeva. Sembrava un'enorme rana con denti simili ad aghi.

"È questa la tua vera forma?" chiesi.

"Vera?" ripeté Frammento di Leggenda Perduta in modo beffardo. "Cos'è *vero*, donna? È una parola senza significato per me."

"Dovrai pure assumere una forma per nutrirti."

"Hai ragione, ma non direi che questa è la mia *vera* forma, così come una nuvola non rimane sempre uguale a sé stessa."

"Ho un'ultima domanda da farti."

"E io potrei avere una risposta. Ma ho sete."

Sospirai. Feci segno a Knifold di dargli un altro po' d'acqua.

Il demone sorseggiò in silenzio, evidentemente compiaciuto dell'espressione d'odio sul volto del guardaboschi.

Mi sporsi vero il prigioniero. "Dimmi. Che cosa hai…"

Frammento di Leggenda Perduta spruzzò l'acqua nei miei occhi. Caddi dalla sedia atterrando con forza di schiena.

"Mia Signora!"

Sentii un rumore secco, come di qualcosa che veniva spezzato, seguito dal ringhio del demone e da un urlo di Knifold. Il fucile sparò una… due… tre volte.

"Knifold! Che succede?" Sbattei le palpebre e cercai di pulirmi gli occhi e quando finalmente riuscii a vedere, la scena davanti a me non aveva alcun senso.

Il demone aveva entrambe le mani mutilate. Sangue verde e vischioso cadeva dalle braccia mozzate.

Knifold sparò di nuovo, ma il demone era libero di

muovere la parte superiore del corpo. Si muoveva così velocemente da evitare i colpi.

"Vuoto dell'anima!" Knifold imprecò, costretto a fermarsi per ricaricare il fucile.

Frammento di Leggenda Perduta approfittò del momento per strappare con i denti le corde delle gambe.

Mi alzai in piedi proprio quando era sul punto di lanciarsi contro Knifold.

"Basta così!" sbattei la pietrafiamma sul pavimento. L'oggetto scintillò e il demone si bloccò sul posto. Dalla bocca e dalle narici eruttò un fumo nero, la sua pancia si gonfiò a dismisura.

"Sparagli!"

Sentii il click del fucile, seguito dal rombo dello sparo.

Mi affrettai a coprire la pietra azzurra con il palmo della mano. Lo stomaco del demone smise di gonfiarsi e collassò su sé stesso.

Accorsi verso Knifold. Il suo braccio stava sanguinando. "Fa' vedere!"

La mascella del guardaboschi era contratta per il dolore. "È solo un graffio."

"Dobbiamo pulire la ferita."

"Sto bene."

"Avrai bisogno del tuo braccio, Knifold! Non sappiamo se c'era qualcosa di velenoso nei suoi artigli. Meglio non correre rischi. Fammi vedere meglio."

Disinfettai la ferita, e mentre lo facevo scoprii che il sangue del demone aveva un effetto corrosivo.

"Ti devo la vita, mia Signora." L'espressione di

Knifold era tesa come la corda di una balestra. "Avrei di certo perso il braccio se non avessi fatto niente."

"Entrambi abbiamo imparato molto da quella creatura." Guardai il cadavere di Frammento di Leggenda Perduta. "Non quanto speravo, ma abbastanza per portare avanti il mio piano."

Knifold alzò entrambe le sopracciglia. "Quale piano?"

FINE DELL'ESTRATTO

Questi oscuri presagi è disponibile in formato eBook e brossura.

Milton Keynes UK
Ingram Content Group UK Ltd.
UKHW031028210324
439796UK00007B/456